Gentes en menguante

LA CUARTA BATERÍA

Eduardo Zalamea Borda

Sentís eu me

4ª. B¹

a

uuy pa

volvió a lla

guarte. Un per

a vecinal.

esto ¿quién será a estas ho
ras? — oyó que decían.

Con los pasos se acercaba una
uy vaga, temblorosa, de esperrua
ahora sí no podía evitarlo. No
podía obedecer al temor que le
ordenaba huir... ba allí", como
clavado en la puerta, mirando
el número: 72

cia

au res,

, lue

Eduardo Zalamea Borda

Gentes en menguante
LA CUARTA BATERÍA

Prólogo
JUAN GUSTAVO COBO BORDA

Transcripción
ANGELINA ARAÚJO VÉLEZ

Villegas
editores

Libro diseñado y editado
en Colombia por
VILLEGAS EDITORES
Avenida 82 No. 11-50, Interior 3
e-mail: villedi@cable.net.co
Conmutador (57-1) 616 1788
Fax (57-1) 616 0020 / (57-1) 616 0073
Bogotá, D.C., Colombia.

© SUCESORES EDUARDO ZALAMEA BORDA
© VILLEGAS EDITORES 2001

www.villegaseditores.com

Dirección, diseño y edición
BENJAMÍN VILLEGAS

Departamento de Arte
HAIDY GARCÍA

Revisión de estilo
STELLA DE FEFERBAUM

Primera edición, noviembre de 2001

ISBN 958-8160-08-1

Preprensa ZETTA COMUNICADORES

Impreso en Colombia por QUEBECOR IMPREANDES

CONTENIDO

, se va

sonreía co

acerle algún repro

no   de la vieja boca desde

— Nooo, sí, a mí no me gusta

pontió, como para librarse de un

por todas del peso de su falta. A

que al confesarla todo quedaba

y que más grave que el hecho

era la forma que tomaba al

to.

— ¿Ya comió sumercé?

— ¿Cómo dante?

PRÓLOGO

JUAN GUSTAVO COBO BORDA

"Sólo tú, Juan, sabrás qué hacer con esto", me dijo Alejandro Obregón en su casa de la calle de la Factoría, entregándome una carpeta negra cuyas hojas estaban escritas en tinta morada.

El borde la carpeta y buen número de las primeras páginas casi se deshacían vueltas ceniza. Aun así era factible seguir la clara caligrafía del autor y el título: Eduardo Zalamea Borda. *La 4a. Batería*. Era el manuscrito que se creía perdido, en el incendio de *El Espectador*, de quien con sólo una obra: *Cuatro años a bordo de mí mismo* (1934) había renovado la novela en Colombia.

El periodismo no había secado su vocación creadora. Allí estaba su segunda novela donde el viaje iniciatico de la primera, hacia La Guajira, era también un proceso de maduración adolescente en la cual un niño se hacía hombre tras su ingreso al cuartel, en la fría altiplanicie bogotana.

Las escenas se seguían unas a otras, con sobriedad, y el manuscrito estaba intercalado, hasta el final, con las firmas de los amigos. La bohemia intelectual de entonces que quizás la había ido leyendo, a medida que se escribía, o que la refrendó al final, solidarizándose con ese logro en pro de la auténtica ficción. Jorge Gaitán Durán, José Mar, Hernando Téllez, la mujer de Alberto Lleras, Jorge Rojas, Antonio García, Ignacio Gómez Jaramillo, Arturo Camacho Ramírez, Dario Samper, Carlos Martín, Alejandro Obregón.

También allí estaba la firma de su primo hermano Jorge Zalamea Borda. Es sabido el conocimiento de las letras contemporáneas que caracterizó a estos dos escritores, y cómo ambos, en sus diversas empresas intelectuales, renovaron los puntos de referencia de un país conformista y atrasado.

Jorge Zalamea, desde su estrecha amistad personal con Federico García Lorca hasta la erguida valentía con que denunció al régimen conservador en la revista *Crítica*, al publicar las listas de las primeras masacres, por todo el país, tampoco había claudicado de sus afanes de escritor. Teatro, poesía, critica de arte, traducción. Y sus inolvidables charlas por la radio que darían origen a *La vida maravillosa de los libros* (1941).

Eduardo Zalamea Borda, por su parte, se había concentrado más en el cuento y la novela, donde conocía a fondo a los ingleses y norteamericanos del momento. Había dado razón de ellos en sus columnas de *El Espectador* y había acogido, con una generosidad impar, a la nueva camada de la letras nacionales.

Pero seguía siendo un creador al cual aún desasosegaba la brasa ardiente de la infancia y que bien podía asumir como suya la divisa de Flaubert: "Con la mano quemada escribo sobre la naturaleza del fuego".

EL AVE FENIX DE LA BUENA PROSA

La fecha con que culminable al manuscrito regalado por Obregón era 1938 pero un capítulo adelantado en *Revista de Indias* decía: "Bogotá, agosto, 1936". Y otro posterior, aparecido en *Pan*, y que llevaba el subtítulo de "Capítulo de una novela inédita", tenía una pintoresca advertencia, muy propia del excéntrico editor Enrique Uribe White:

"Por deferencia especial del autor, se publica este capítulo de *4a. Batería*. Recuérdese la agria discusión causada por la aparición en *Revista de las Indias* de uno de los capítulos de esta novela – y léase este sin temor".

La proverbial pacatería bogotana de seguro se había escandalizado con sus sugerentes alusiones a la sexualidad femenina, trátese de una joven o de una viuda, o al escandaloso sacrilegio con que el protagonista, Fernando, se refería a la figura del Niño Dios, mientras asistía a misa con su madre:

"Entonces, ¿Dios no es hombre?. ¿Entonces no tiene "nada"?. ¿Entonces no tiene "pipí"?. Fernando se llevó la mano al bolsillo derecho del pantalón. Sí, sí... tan distinto él del Niño, tan distinto!

Pero, ¿por qué?. ¿Acaso porque es Dios?... ¿Porque es hijo de la Virgen que no tiene senos?... Tal vez.

— Rece, mi hijito, rece...".

Con razón el autor se había fugado de la capital, para vivir en los arenales guajiros su "Diario de los cinco sentidos". También aquí volvía a la carga. La

sensorialidad impregnaba toda la escritura, confirién-
dole una energía dinámica. Una rápida trasposición
metafórica que fundía los diversos niveles de realidad, de la subjetividad introspectiva a la aparente
objetividad descriptiva con que dibujaba fusiles y
cañones, en el ámbito castrense. En ocasiones alcanzaba auténticos poemas en prosa o hacía de sus
diálogos un seco golpeteo de tensión acumulada.
Pero una y otra característica no deben hacernos
olvidar el conjunto en sí mismo. La cabal estructura
narrativa.

El logro que era ella, cuestionada antes de termi-
narse, quemada antes de publicarse, pero que ahora
renace, con la perdurabilidad de ave fénix de la
buena prosa, para intrigarnos a todos con la leyen-
da que ya la acompaña y la sagaz mezcla de emo-
tividad adolescente y astucia compositiva con que
había armado su segunda fábula. Parece justo entonces dedicar un momento a sus primeros *Cuatro
años a bordo de mí mismo*.

LA AVENTURA ADOLESCENTE

Lírica en su ambientación, y compleja en su afán
de desentrañar una mente y un cuerpo, *Cuatro años
a borde de mí mismo* tenía la lograda factura de
quien se regodea en su propia exploración. La de
su espíritu y la del paisaje que le serviría de esce-
nario. Era original y muy suya pero también correspondía a un momento generalizado de nuestras
letras donde los anti-héroes de César Uribe Piedra-

híta se iban al Putumayo, Fernando González iniciaba su *Viaje a pie* (1929) y León de Greiff y Rafael Maya nos invitaban a navegar, por los mitos griegos o por el río Cauca.

Había que descubrir la geografía y la psiquis de un desconocido país llamado Colombia, tanto desde la poesía como desde la razón, ambas formas válidas de conocimiento.

Por ello la educación sentimental del personaje de la novela de Zalamea se daba en tan remoto lugar, lejos del orden constituido. La experiencia rebelde que esa estructura arcaica les impedía tener implicaba dejar atrás ese Bogotá estrecho y frío, y "con pretensiones de urbe gigante".

Sólo allí era factible sexo y violencia, soledad y autodescubrimiento, la disolución de los prejuicios en una naturaleza que era a la vez tentación y amenaza. Tierra de indios y de contrabando donde la ley implícita la descubría uno por sí mismo, al establecer su propia escala de valores o confrontarlos con aquellos que el indígena mantenía desde mucho antes de la llegada de Colón. Ya desde 1924 *La Vorágine* había mostrado la existencia de otros mundos, como lo corroboraría igualmente Arturo Camacho Ramírez con *Luna de Arena*, la obra de teatro ambientada también en La Guajira y que publicaría en 1943.

Al volver a Bogotá, luego de esa crisis andariega, podrían verlo tal como en realidad era y como lo vio Zalamea: un pueblucho de casas viejas y bajas y de personas antipáticas vestidas de negro, muy

convencidas de la prosapia de sus ilustres apelli-
dos, que volaría por los aires el 9 de abril de 1948.
Tal el balance, para su protagonista, de esta aven-
tura adolescente. Pero para el escritor, que luego,
en sus columnas de prensa, y en homenaje a James
Joyce, firmaría con los seudónimos de "Bloom" y
de "Ulises" el logro había sido de otra índole.

Sus lecturas, de Joyce, Virginia Woolf y Aldous
Huxley, de John Dos Passos, Caldwell, Faulkner y
Proust, se habían naturalizado en su estilo, y le
permitían dar forma a esa vida en estado puro. A
ese enceguecimiento que le produce el sol, su reflejo en la arena, la lámina reverberante del mar,
las blancas salinas de Manaure y el esplendor del
sexo en medio de una naturaleza yerma. Irraciona-
lidad primitiva en que se mezclan los colores *fauves*
de las mantas guajiras con los espejismos impre-
sionistas de un horizonte todo hecho de luz. Pro-
cedía así la tradición de Gauguin yéndose a Tahití
y de los pintores expresionistas alemanes en pos
del exotismo, como los integrantes de *El Puente*:
Kirchner, Heckel, Schmidt-Rottluf, Pechstein.

Muchachos que querían desnudarse, para ser libres, y a la vez enriquecerse, interiormente, o, de
modo más práctico, mediante alguna explotación,
de sal, oro o caucho, en aquellas comarcas inex-
ploradas.

Cuando el protagonista de *Cuatro años*, retorna
a la ciudad su rechazo es tajante: "Aquí está la civi-
lización, llena de números, de fechas, de marcas.
Allí la vida verdadera, dura y desnuda como una

piedra. Allí estaban las mujeres desnudas, los hombres francos, los peligros simples y con los dientes descubiertos. Aquí esta todo velado, escondido, falsificado".

El retorno lo hace con dos libros que lo habían acompañado: *Los trabajos y los días*, de Hesíodo, y *El viajero y su sombra*, de Federico Nietzche.

El contraste, sólo en apariencia, resulta notorio. Se trata, de verdad, de intelectuables que revelan los caracteres de su sociedad, al huir de ella. Pero en los libros que escriben terminarán por hallarla, retratada en sus páginas. Como Ulises, precisamente, lo que importa son las aventuras corridas a lo largo del viaje, y el placer de narrarlas, al volver a casa. La novela entonces se constituye en el verdadero viaje.

LA 4a. BATERÍA

Su segunda novela, a pesar de su apariencia larval, que de haberse publicado en su momento, el autor de seguro hubiera pulido y ajustado, resulta ágil y sorpresiva. Busca indagar en los orígenes de los personajes, trátese de un niño citadino de 14 años como de un campesino de 21, Antonio Rodríguez. El niño, Fernando, huérfano de padre, forma parte de una familia que ha venido a menos y que reside, por ahora, en un pueblo cercano a Bogotá.

Tránsfuga de varios colegios, es llevado por su madre, Berta de Ruiz, en tren a Bogotá para que el Ministro de Guerra, amigo de la familia, ordene su ingreso al cuartel. Allí padecerá, sin demasiado dolor, las asperezas de la formación militar, y logrará ascender en las jerarquías.

El momento culminante de esta novela de formación se dará cuando defienda a su amigo campesino del trato salvaje con que un sargento bruto le rompe los dientes.

El campesino, incapaz de distinguir entre derecha e izquierda, canta en cambio muy divertidas coplas y contribuye a darle al recuento un tono alegre y juvenil que no impide un sagaz análisis de aquel país de 1921, con sus clases sociales, su pobreza, ambiciones e inseguridades, y sus modos de hablar.

La obra tiene una clara línea de desarrollo, donde se van intercalando las reflexiones de los protagonistas y se anuda, toda ella, en torno a la anécdota central.

También la novela se halla vivificada por un descubrimiento gozoso y emotivo de la sensualidad adolescente, con el típico signo machista con que ella se da (¿se daba?) en Colombia. Se abre con la relación entre el niño-hombre y la muchacha-sirvienta, Enriqueta, que trabajaba en su casa, y se cierra cuando el ya formado cabo 2º rememora su primer y anterior descubrimiento de la sensualidad, también con una muchacha de servicio, un domingo, en su casa vacía de la calle 21. Pueblo y ciudad, en ambos la misma escena arquetípica, repitiéndose como en el rito mental de la masturbación. De allí fluye y se agota la escritura.

Pero la novela también aporta una pionera y refrescante descripción de personajes femeninos, vistos desde su sexualidad. La viuda, madre del niño, que remonta el río de las sensaciones hasta el momento en que concibió al protagonista, con la hermosa fuerza de un monólogo interior que honra a la ya legendaria Molly Bloom. Y la novia del teniente, que en una relación de contrapunto paralelo con la historia central, muestra como éste, en su simpleza varonil, no llega a comprender la complejidad de esa mente femenina que sueña con tener un hijo sin pasar por la coyunda del matrimonio.

El conjunto termina por atrapar al lector, al mostrarle el salto cualitativo con que esta obra dejaba atrás el costumbrismo antioqueño o sabanero, con sus consabidos idilios campesinos. Si bien la novela arranca del mencionado pueblo cercano a Bogotá, con los toques imperativos de la campana de la iglesia dando las pautas para vivir, luego se desplaza a ese microcosmos del cuartel, donde todo el país se refleja como sucedería, treinta años después, en el célebre colegio militar Leoncio Prado de *La ciudad y los perros*. Iglesia y cuartel, y la sexualidad que intenta subvertir esas dos estructuras tan afines.

La novela se halla cargada de referencias culturales. Un cuadro de Sir Joshua Reynolds, otro de Tiziano, "Baco y Ariadna"; uno de Rubens y la cita de un poema de Xavier Villaurrutia, la novela *Ivanhoe*, de Walter Scott, y un titular del periódico *El Tiempo*, del sábado 2 de julio de 1921: "Match entre Carpentier y Dempsey".

También de una topografía bogotana muy concreta: Chapinero, Las Nieves, los cerros de San Cristóbal, y de precisiones económicas con las cuales el autor ancla en tierra las ensoñaciones de los personajes: los billetes de tren de segunda clase cuestan 0,38 centavos y el pan francés 0,10.

Pero la novela, obra de lenguaje, muestra ante todo una muy lograda entonación en los diálogos y el rumor interno con que las conciencias se miran a sí mismas y miran al mundo.

Allí están desde el sumiso intercambio verbal de la madre con el Ministro hasta los desabrochados y arrabaleros gritos con que desde los reclutas hasta los tenientes, todos los militares juntos reafirmaran su estentórea virilidad. También allí se escucha el melódico y mestizo hablar con que la vieja ama visita, a espaldas de su madre, a este niñito adorado: "Cómo está sumerced?. Sí se amaña?. Aquí le traje esta bobadita. Lo que vale es la voluntad".

Pero quizás lo mejor logrado son los monólogos interiores de las dos mujeres –Berta y Mira, la madre del niño y la novia del teniente– que se internan en sí mismas, con hondura intuitiva, a partir de su sangre y sus sueños, su indefensión y su soledad, para hallar su incontrovertida voz femenina. Llegan a definirse a sí mismas, a través de su palabra, con plena autonomía. Se destacan aun más sobre el indiscriminado fondo de prostitutas y sirvientas intercambiables, a las cuales una turbia nube de pecado y enfermedades desdibuja en su calidad de simples objetos. Recipientes apenas para el des-

ahogo de los militares borrachos o de los jovenci-
tos torpes, en su iniciación sexual. Ellas dos en
cambio llegan a ser personas.

La sensibilidad de Zalamea lo llevó a percibir la
otra voz y a explorar, con sagacidad y comprensión, ese continente negro femenino al cual se refería Freud. Pero esta novela no es sólo esto o
aquello. Es todo un mundo. El mundo propio que
instauró su autor. Una realidad otra, que más de
medio siglo después de ser escrita, todavía tiene
autoridad y capacidad de revelación.

Una década después de ausentarse Alejandro
Obregón, recuerdo unas palabras suyas escritas
como homenaje a un pintor amigo: "El arte sirve
para vivir después de morir". Así lo prueba la pintura de Obregón. Así lo comprueba esta novela hasta
hoy inédita de Zalamea. Por ello, al compartir por
fin este invaluable regalo, siento que entre todos
sus lectores iremos inventando los renglones que
faltan, en un estimulante ejercicio de imaginación
colectiva. Lo mucho, y bueno, que de la novela
subsista será suficiente para depararnos la hermosa complejidad de su sentido, pero en ella, como
en muchas obras de arte, hay además un misterio y
un enigma. Para responder al destino que me eli-
gió, con este don, como su ineludible editor, gracias a la generosa complicidad de Benjamín Villegas,
sólo me resta recordar estos versos de José Lezama
Lima referidos a su amigo el pintor Víctor Manuel.
Se aplican muy bien tanto a Alejandro Obregón
como a Eduardo Zalamea Borda:

"Una vez me pidió el *Emilio,*
era para regalárselo a un amigo,
y qué pocos son capaces de pedir un regalo
para regalarlo.
Percibíamos en su presencia,
uno de los misterios de nuestra cultura,
como estaba dentro del orden de la caridad.
Se deshacía para restituirse
en la suprema generosidad del fuego".

el rojo calor hay de [...] los labios

"el puño ap

"Porque le pi

"amor, angel
tita biologia

Enero 22 de 1938 → También ero pa

Mi cuerpo vivía, con
no se siente distinta, y es c
nueva, desconocida, pero
no olvidada, dormida has
despertar que comienza
tan entrañable profundida
conoce de la raíz de la
cia. Como si toda la vida
alentaba en su cuerpo se a
momentáneamente en es
de su cuerpo; como si se li
la maravillosa esencia
seguía su vida a
pequeña, como un

...bijas de la plancha. Como t...
...os están en el colegio, a qu...
a.

Antes de salir de la...
stampa, pega...
imágen de...
estaba a...
rista.
La...

...tenía cal...
a ...ensión y sobre ella
...io los cobijas y una sábana gr...
que olía a sebo y almidón los c...
ros. y con el amparo de la l...
ver los cuadros que colgaban...
paredes enyalbegadas. Una ch...
lla con un traje crema. uno...
quilla muy de retrato. Ah!
de la inocencia"; (K Sir)oshua Reynolds) Si era Toma...
aquel libro de "Pintura Popul...
...reposaba en...consol...
...casa,
...tal...

Capítulo 1

————————————————————————————[1]

espíritu de adolescente.

Por qué soñaba ahora con aquella mi————————
——————————ra era propicio al abandono en————
——————————————mullido recuerdo? Si más densa
——————————————[hu]raña y hosca se hacía ca
————————————————————noche en cuya entra
——————————————————————os. Si su vi
——————————————————————engaba en
——————————————————————que lo————
——————————————————————————ma
——————————————————————————i no
——————————————————————————[2]

Y siempre que decimos que algo "no podía ocu-
rrir de otra manera es porque de todas ha podido y
debido suceder menos de esa, que consideramos–.

Cuando a las 9 de————————————————————
dre Baracaldo————————————————————————
nes aru————————————————————————————
ra————————————————————————————————
mita————————————————————————————————
tía————————————————————————————————
se————————————————————————————[3]

sas senos, tetas de humo y boca, jeta dulce, ni mora,
ni higo, ni panela ni nada, jeta sobre la sábana sobre—
——————————————eta estaba la mano crispada
————————————tos no querían cerrarse abier-
——————————————para ver si llegaba Ah!
——————————————scaba el paso gris
——————————————uria en los
——————————————sangre
——————————————la
——————————————firme
——————————————! Por-
——————————————lo
——————————————li[4]
un cielo sin nubes. Color de leche en las calles y en
las casas y en las hojas argentadas de los eucaliptos.
Los perros se miraban las uñas y——————————
con un ladrido mecánico——————————————
tado e inútil que ape——————————————
hacía mover la cab——————————————
cuánto tiempo——————————————
verdad——————————————
noche——————————————
que ——————————————
vi ——————————————
p ——————————————[5]
pierta el negro aullido agorero en el fondo de las
rojas gargantas. Esta es la noche que protege a los
niños. La que los engaña con —————— bruja y se
los lleva de su ma[no] ——————————tiene ni for—
——————————————ma ni tacto a
——————————————para mostrarles lo que

————————————————————ojos que apenas conmu –
————————————————————formas de la vi-
————————————————————de sus ca-
————————————————————[co]legios en
————————————————————[j]usticias
————————————————————sen-
————————————————————a
————————————————————₆

la llegada? Qué iría a pasar? Pero, no, no había que pensar en eso. Los huesos le temblaban al recordar que había de llegar. Palo, por lo menos [le] darían.

Pero no era el castigo,————————————————
vergüenza de que lo cre[yeran]————————————
desaplicado, malo. ————————————————————
Lo sabía y————————————————————————
daba. N ————————————————————————
sabía ————————————————————————
todo ————————————————————————
ne ————————————————————————
do ————————————————————————
c ————————————————————————₇

Al lado de la puerta, una moza morena y rolliza pugnaba por desasirse del abrazo de un indio. Los senos templ[aban] como gelatina bajo el traje de——
———————————————— la chicha le había abrillan
———————————————— y tenía la boca húme[da]
———————————————— sa. Era como la mi-
———————————————— como la mi-
————————————————rca, más
————————————————ese tiem-
[po] ————————————————era

————————————————————————en-
————————————————————————a-
————————————————————————or
—————————————————————————
8

Fernando no quiso oír más. Echó a correr y lo perseguía el rumor de sus pasos. Cuando se detuvo estaba frente a su casa, número 72. M[aquin]almente sumó: 7 y 2, 9. ——————Qué sería eso de cho—— cho – na… cho – cha———————————————— Claro! Sí!————————————————————————.

Y lle ————————————————————————
die lle ————————————————————————
rían ————————————————————————de las
pu ————————————————————————muy palo ————————————————————————volvió a lla-
m[ar] ————————————————————más fuerte. Un perro[9]
——————————————————————vecindad.

— Y esto quién será a estas horas? — oyó que de-cían:

Con los pasos se acercaba una luz vaga, temblorosa, de esperma.

Ahora sí no podía evitarlo. No podía obedecer al temor que le ordenaba huir. Estaba allí, como clavado en la puerta, mirando el número: 72 —————— 7, 9.
————————————————————————recia
————————————————————————gran voz
————————————————————————, uno
voz amenazadora que estuviera esperándolo a él? No, a su falta.

Se abrió la puerta y antes de que————————————————
—————————— ar quién le había abierto,————————

————————————————abrieron los rosales del patio
————————————————verdes hojas oscuras que
————————————————qué? - aquellos días de
————————————————cuando tenía
————————————————que su
————————————————sí, esos
días eran————————————————hojas
de la higuera————————————————bríos.

Y aquel recuerdo ———————————— ni-
mo y no le despertó en el ————————————ible
————————res de sobresalto cuando una voz [cono]cida
una voz familiar, exclamó con ese acento inconfun-
dible en que se mezclan la sorpresa, el gusto y el
desagrado:
— Niño!

Se puso el dedo en los labios haciendo a Marta
señal de que callara, y ante el asombro de la anciana
————————————atravesó el comedor cuajado de tiestos
en que————————————
y ema————————————
a la————————————[10]
Marta –le decían Mata desde no se sabe cuánto tiempo!– llegó arrastrando los pies cansados que calzaban unas viejas pantuflas grises - esas————————
que no dan condición de————————
sí logran establecer la————————
la criada.
— Y qué fue————————
— Nad[a]————————
do saliva————————
quieta————————

————————————————————que, se volvió a
sal ————————————y sonreía con deseos
in ————————— hacerle algún reproche que no
salía de la vieja boca desdentada.

— Nooo, sí, a mí no me gusta eso, respondió, como
para librarse de una vez por todas del peso de su
falta. Le parecía que al confesarla todo quedaba resuelto y que más grave que el hecho mismo era la
forma que tomaba al relatarlo.

— Ya comió sumercé?

— Pero dónde?

————————————————————ver si quedó
————————————————platos y sartenes.

— No hay nada más—le dijo presentándole un plato con arroz y lentejas. Comenzó a comer las————
————————————manjares grasientos, sentado en
————————————rita que le obligaba a tener las
————————————cerca de la cara, recibiendo
————————————ese olor rancio de comida vieja
————————————[es]tómago y hace cosqui[llas]
————————————la garganta.

————————————————nte, sin decir
pala[bra]————————————bajo el pañolón
————————————————[de]seos.

Sobre la hornilla————————————casi
cubierto de ceniza. Y sólo————————[su]jet[o]
con un alfiler, una estampa [con el Co]razón de Jesús a cuyos pies podía leerse "Ego sum via, véritas
et vita". Maquinalmente tradujo: "Yo soy el camino,
y la verdad y la vida". El camino, la verdad y la
vida… no le decía nada aquello. Sólo le recordaba

las oraciones sin sentido de los días sábados. Los mártires en la oscura capilla, las interminables misas tediosas. Tenía el mismo sabor terroso y pe——ado—— a incienso————————————————————————————
cosas de————————————————————————————————
nada——————————————————————————————————————
sino que sabía, sabía a nada.

— Camine se acuesta. Ahí le arreglo la cama aunque sea en el comedor, con las cobijas de la plancha. Como todos los niños están en el colegio, aquí————————————————————————da.

 Antes de salir de la————————————————————
estampa, pegada——————————————————————————
imagen de——————————————————————————————
estaba a——————————————————————————————
nista.————————————————————no entres
San ————————————.

————————————apenas tenía cabida la————
——tensión y sobre ella se tendió————cobijas y una sábana gruesa que olía a sebo y almidón lo cubrieron. Y con el amparo de la luz pudo ver los cuadros que colgaban de las paredes enjalbegadas. Una chiquilla con un traje crema, una chiquilla muy de retrato. Ah! "La edad de la inocencia" (de Sir Joshua Reynolds), si era tomada de aquel libro de "Pinturas populares" que reposaba en una consola de————cuando————ía casa, cuan[do]————
————————taba en el colegio.

— Entonces, qué le digo a mi señora mañana?
Vaciló sin saber qué responder. Un mo[mento perma]neció en silencio y respon[dió:]

———————————————————que yo vine; nada más.
———————————————————su mercé buena
———————————————————cerró la puer-
———————————————————despertar a
mi———————————————————su sangre, que
———————————————————compañía.
    Ahora estaba ———————————————solo
que cuando le acompañ———————————————iu
y la sombra de los árboles. ———————————un
pequeño temor esas figuras del otro cuadro, de ese
cuadro del Tiziano —"Baco y Ariadna"— con su
enroscamiento de músculos desnudos, de temblorosas carnes rosáceas; las pieles de los tigres con
sus grandes manchas negras, y los ojos ebrios de los
faunos, las bacantes. Y el "retrato de madame Vigée-
Lebrun, entuja".
    Sí, era preferible estar ahora más…, solo, sin tener
siquiera la larga compañía de la sombra, proyectada
invariablemente durante el camino sobre los árboles, trepando por ellos en un largo salto, que le hacía percibir en la piel distante la frescura del follaje
o llegándose –al caer de un golpe al suelo– hasta la
orilla del bache que veía bañarse en sus aguas, en
las aguas que miraban al cielo, y vieron el suicidio
de la hoja el cuerpo blanco y purísimo de las estrellas, cuyos dedos le acariciaban el cabello.
    Ahora su sombra se metía dentro de su cuerpo, o
sólo se asomaba al filo de la luz de las ventas, esa
ancha luz clara, llena de gritos o cuando pasaba por
frente de una ventana, que a través de las cortinas
de olán verde o rosa dejaba llegar has[ta] la débil

claridad de la——————— de la alcoba o del sa[lón]
——————comedor de la familia [per]dida en
sueños individuales o rumor en torno de ilusiones
colectivas a esta hora precursora del sueño, porque
no sabía nadie, ninguno, que había algo, alguien
que también vivía como ellos y también soportaba
pesares o acariciaba esperanzas e ilusiones (nacidas
ya por tan frecuente manoseo y solicitud tan constante).

Dio un soplo fuerte y la luz se internó en la sombra. Le dolían los miembros, tenía los [ojos] cansados y súbitamente se—————ño pro—————
figura, un sueño sin recuerdos, ancho, profundo
sueño de niño, un sueño como debían de ser los
sueños de la hija de Madame Vigée-Lebrun en el
retrato.

*(El siguiente fragmento, hasta donde se indica, fue
publicado por el autor en la* Revista de Indias, *de
donde se transcribe).*
   Un largo camino de acero. Un largo camino de
plata. Un largo camino de agua. Y él, andando, andando, jadeando por el camino de acero y de plata
y de agua.
   A lo largo del camino, altos árboles rectos y negros. Altos árboles rectos, de humo, de hierro. Árboles sin sombra, de inmóviles hojas metálicas.
Árboles sin rumores y sin cantos. Y él andando, andando, hipando bajo los árboles rectos y negros.
   Siempre cerrado en agudo vértice el camino y siempre creciendo a la medida de sus pasos.

Sobre el acero y sobre la plata y sobre el agua firme del camino ninguna sombra, ni la suya siquiera, que volaba por encima de su cabeza, que zumbaba y abejoneaba como una hélice loca.

Y se abre de pronto el agua; el duro acero tórnase fugitivo mercurio que corre y salta; fúndese la firmeza de la plata y él cae, cae, desciende, se hunde, y a medida que se hunde, que desciende y que cae, se acercan en rígida marcha las dos filas exactas de árboles rectos.

Sólo los ojos al nivel variable del mercurio y del yerto ardor de la plata fundida en el agua. Apenas la frente, como una piedra viva.

Y no queda, finalmente, sino el cabello negro y liso, como las hojas de una muerta planta lacustre.

Cerrado el camino, deshecho el vértice agudo, forman los árboles rectos y negros en torno del pequeño círculo que tiene el color de la luna, un alto tubo de sombras para que no llegue la luz. Y arriba, arriba, cerca de la piel de la noche, zumbando, girando como un ángel enloquecido al sentir que se le queman las alas, su sombra, su alma.

Entonces fue la mañana.

Con sus 36 años y el chorro negro del cabello sobre la blancura de las sábanas, podía encontrarse un observador con la sorpresa de que fuese doña Berta, mujer a quien convenía como ninguna la hora del despertar –hora terrible para la belleza de las mujeres–, porque la dulzura de los ojos miopes, la profundidad de la vaga mirada y en general su continente, ofrecían durante esos minutos en que todavía no hemos entrado de lleno en la vida, una imagen de falso ascetismo, o verdadero, en todo caso de ascetismo, que imprime en los rostros huellas semejantes a las que dejan los vicios y los excesos.

Así estaba 'miseñora' con las manos cruzadas sobre el embozo, mirando a ninguna parte, después de que Mata le dio la noticia. La ira le golpeó el rostro con sangre que enturbió por un momento la tranquilidad de la piel pálida, y una pequeña convulsión le hizo temblar las manos frágiles.

Pero evocó lo de hacía tiempos... lo vio tan chiquito, entre sus brazos y le mordieron el seno izquierdo los mismos dientes de hacía catorce años...

Una brisa de compasión sopló en su espíritu y quedó absorta, ensimismada, mirando al lugar del pasado.

Se adelgazó el sol para entrar por debajo de la puerta y se anunció con su presencia de luz, con su deseo de revivir todas las cosas para ofrecerlas de nuevo a los hombres y despertó los ojos de Fernando con una larga caricia tibia, que sólo dejaba en sombra el pliegue de la boca.

Mientras se vestía el traje carmelita –hecho con aquel que usaba su papá para ir a las cacerías de patos– pensaba Fernando en el colegio y en lo que dirían sus compañeros y sus superiores ante los compañeros, porque como que también e involuntariamente se establecían en el recuerdo predilecciones y distingos. Y no podía evitar una ligera sonrisa de íntima complacencia, al saberse, por un día al menos, centro de las conversaciones y tema de los comentarios –pueril vanidad que había de acompañarlo y seguirlo a través de su vida y por en medio de diversos acontecimientos, sin servirle para nada diferente de alegrarle un tanto su corazón, y que, desde luego, no hacía mal a nadie.

Abrió la puerta y se encontró metido de lleno en la limpia mañana campesina, poblada de rumores de trabajo y de silencios de la haragana naturaleza. Vuelos de pájaros, mugidos de bueyes, chirridos de las ruedas de las carretas y color elocuente de las rosas –dormidas aún sobre el lecho de su perfume– y del violeta de las violetas, que madrugaba discretamente entre el verdor de los tallos.

Linda luz, blanca luz de domingo para estar vestido de negro, como las golondrinas circunflejas –tan severas, tan negras, tan monjiles, pero sólo severas y monjiles por el color de su traje, porque en cambio el rojo corazoncito saltarín, que anima las alas, es loco e inquieto, ignorante de la línea recta, "camino el más corto para ir de un punto a otro" –qué punto?–, o sólo la conoce para quebrarla en ángulos o redondearla en dulzuras de curva dibujando en el aire hondas caderas, senos profundos, o pezuñitas agudas y finas y afilados cuernecillos de faunos –buscadores de delicia, catadores de caderas y de senos.

Luz linda, luz blanca de domingo –domingo, 3 de julio de 1921– para tener una corbata azul a tono con el cielo y llevarla sobre un vestido blanco acorde con las nubes.

Y en medio de la luz, de la pureza de la luz, era todo un desnudarse de la naturaleza, un querer mostrarse sin recato en la más amplia intimidad del

color y de la forma. No estaban ahí los árboles levantando los brazos al cielo para que se les viera
más altos, más, más altos? ¿Y no se entregaban al
viento del noroeste, al que en la brújula decían *No y
Noooooooo* en las ramas, aquellas hojas suyas, para
que sólo él y el que pudiese vieran el verde brillante
del rostro y el opaco verde de la espalda venosa?

¿Y no estaban ahí las rosas rompiéndose de tan
abiertas, mostrando toda la ingenua impudicia rubia
del fondo del cáliz que atesoraba la delicia de las
abejas? Como si una chiquilla al saltar el foso de la
pubertad −cuyas aguas tienen color de ojera− hubiese caído, rociando cuatro goticas de sangre, con
las tiernas piernas al aire y dejado entrever en el
fondo de la sucesión de los encajes la sonrosada
penumbra de su piel de pétalo, así eran las rosas.

Todo no estaba ahora más limpio, más fino, más
puro, más ingenuo a pesar de que había algo que
no dejaba ver cómo "la rosa perdía sus mejillas sobre el césped" y el trébol contaba sus hojas y temblaba "tres veces tres, tres veces" −a la manera de
Villaurrutia− cuando se cimbraba entre los brazos
del viento codicioso el tallo alto de la azucena gala-
na y doncella, tan esbelta y tan engañadora, vestida
de Primera Comunión de rocío o cuando para re-
frescarse un poquitín entreabrían su corpiño y dejaban que se les escapara el perfume de las violetas?

Y ese algo invisible que impedía ver tanto prodi-
gio y descubrir tan singulares maravillas no sería la
sombra del pensamiento de cosas tan baladíes y fú-
tiles como las que desazonaban a Fernando?

En la mitad del día, de la luz, de la atmósfera de cristal, se levantó un murmullo de pelea, nacido de una nubecilla de polvo.

Y desvanecida ésta, apagada, un cucucucuuu de complacencia regañona, de regodeo mimoso, anticipó la visión de la gallina, que quería sacudirse de las plumas pintadas el peso instantáneo y dulcísimo del gallo cenizo, que mostraba sus inquietos ojos de "vividor" brillantes de satisfacción y que con su encendida cresta bermeja ponía la pincelada de más agudo color en el día limpio de tonos fuertes. Su canto, enchido de orgullo placentero, sirvió de voz al silencio de las plantas, que no podían decirse su secreto.

Decían adiós a los "copetones" frailunos y a las "chisgas" colegialas y a los paparotes atolondrados los penachos del maíz, que reía con la carcajada vegetal de las mazorcas.

Primero lentamente, después de prisa, de prisita, luego locas, locas, llamaban a gritos las campanas a las gentes de la comarca.

Domingo 3 de julio, día de luz linda, de blanca luz abierta, que desde un rincón de sus horas permitía al lunes gris acechar en el patio de su casa a Fernando Ruiz, "muchacho malo" que se había fugado del colegio.

Doña Berta hacía su tocado ante el espejo. Lentamente peinaba el largo cabello negro para hacerse el pesado moño, que la obligaba siempre a llevar la cabeza un poco echada hacia atrás, lo que confería a su cuerpo una arrogancia que desmentían la resignación muda de los ojos cansados y los pliegues amargos que a los lados de la boca se formaban cuando se sonreía.

Las dos gruesas, y anchas alianzas que llevaba en su anular derecho, rasgaban con sus luces de viudez el agua quieta del espejo. Y como sucede siempre que nos encontramos con nuestra figura, se abstraía doña Berta de Ruiz en el recuerdo de los años pasados, vaga e indecisa abstracción que le hacía entrecerrar los ojos del cuerpo para entreabrir los del alma.

Se mezclaban y confundían los recuerdos de placeres y sinsabores –sinsabores y tan amargos¡ Urdían y tramaban su tela vital rojas risas y grises llantos. Cuando el primer beso. Cuando el azahar, cuando el grito que rasgó el misterio con un estremecimiento ambiguo, doloroso y placentero.

Cuando el desgarrar de las carnes para dar paso a la vida, a una vida, a nueve vidas, a nueve partes de su vida que habían de vivir tan cerca y tan lejos de ella, que terminarían por escaparse de su órbita y obedecer a otras leyes.

Y después un día –qué día, cuál día, cuándo?– no volverlo a ver, ni otro, ni otra noche. Y sentir en su oído la ausencia de sus pasos y no encontrar en el lecho, al despertar en la mitad de la noche, la tibia presencia amada. Y sentir cómo en la sien izquierda aleteaba la vena, inquieta, esperando el beso que no había de volver.

A pesar de todo, doña Berta esperaba. Ni ella misma sabía lo que esperaba. Algo, algo impreciso, que no podía determinar exactamente, pero que de todas maneras la estimulaba, la animaba para continuar esa lucha que se inició repentinamente y la encontró abandonada, inerme, porque todas las armas estaban del otro lado y sólo tenía ella a su vera esa capacidad de esperar que tanto se parece a la resignación y que se traducía en la lentitud de sus movimientos y en los largos silencios inmotivados.

Cierto que en ocasiones se rompía el equilibrio y doña Berta se tornaba irascible, malhumorada. Pero estas rachas de tempestad sobre la corola de su espíritu, eran ligeras y de corta duración: de ellas nacía una nueva fuerza, que se sustentaba con las prolongadas oraciones en el seno penumbroso de la iglesia aldeana, ante la imagen de Nuestra Señora de las Angustias, en cuya figura se veía ella un poco más fielmente representada que la misma Madre de Dios, porque si ella, la Virgen, había perdido un hijo y tenía el corazón de metal atravesado por siete puñales, doña Berta había conocido el amor. A doña Berta nueve veces se le habían rasgado las entrañas —nueve fuentes de sangre y de vida más o menos duradera— y otra vez sin sangre, cuando perdió al hijo que también era hombre. Todo lo había perdido —tal vez, tal vez ganaré el cielo...– y sólo le quedaba la esperanza de algo que buscaban sus labios, trémulos por la plegaria, y sus manos que repasaban infatigablemente las cincuenta cuentas del rosario antiguo.

Como todas las personas débiles que se percatan de su inferioridad e intentan vencerla, doña Berta tenía súbitos destellos de energía, que se revelaban en resoluciones irrevocables, aunque se convenciera de su inutilidad o ineficacia después de haberlas adoptado.

Y así se había formado en ella la decisión respecto de Fernando, decisión que la tranquilizaba y borraba de su horizonte inmediato la preocupación que había creado en su espíritu la noticia de esta nueva escapada.

Así, sonriente, fresca por el baño y por su resolución, salió doña Berta de su alcoba, en la que sólo quedó sobre el tapiz el gato adormilado por un perfume ambiguo de mujer, de polvos y de agua de colonia.

Sentado en el comedor, esperaba Fernando el desayuno. Cuando entró doña Berta, el muchacho, confundido, no supo qué hacerse y se quedó inmóvil, mirándola. También ella lo miraba fijamente, sin dureza, asombrada.

— No saluda a su mamá, no?, dijo con una voz que se esforzaba por no temblar.

— Sí, sumerced … –y fue hacia sus brazos, se metió entre ellos, volvió a sentir la tibieza de la infancia remota y sollozaba, no sabía si de vergüenza, de temor, o de alegría.

— Mi hijito… –murmuró doña Berta, mientras con su mano derecha le acariciaba el cabello, húmedo todavía por el agua del baño.

Ahora, camine a desayunar –y lo llevó hasta su sitio. Tomó asiento a su lado y llamó:

— Mata, ya está?

— Voooy…— respondió desde la cocina una voz que no conocía Fernando.

Y vio entrar a una moza sonriente, con los cabellos crespos y revueltos, que le miraba como miramos a las personas de quienes nos han hablado mucho y que no conocemos.

— Hola, Enriqueta, qué le pasa? Siempre tan atolondrada!— dijo doña Berta acercando los platos, que la moza había dejado sobre la mesa.

Empezó la señora a tomar el chocolate y la imitó Fernando, pero no podía apartar los ojos de la figura de Enriqueta, que se había quedado cerca de la puerta doblando distraídamente el delantal.

— Ya "dejaron"?— preguntó doña Berta.

— No, mi señora, contestó la criada, acaban de dar el "segundo".

— Entonces, téngame listo el catre y el libro, y usted –dirigiéndose a Fernando, ahora con otra voz– apúrese porque si no, no alcanzamos a misa.

Salió Enriqueta y quedaron otra vez solos. Ni doña Berta ni el chico decían una palabra. El gato pasaba y repasaba por debajo de la mesa, restregando su cuerpo con las piernas de los dos y dejando oír un murmullo apagado y perezoso. Dos o tres moscas volaban sobre la mesa con un ligero zumbido. ¿Por qué no le decía nada su mamá?

Por qué? Cuándo habría entrado el gato que él no se había dado cuenta?

Y se quedó pensando, con la boca entreabierta, fijos los ojos en la pared encalada. El, que creía que todo iba a ser tan diferente… No podía comprender cómo no pasaba nada. Su inquietud, su zozobra, se prolongarían hasta que su mamá decidiera hacer algo.

— Bueno, ya acabó?— preguntó doña Berta, levantándose.

— Sí, mamacita.

— Entonces, camine.

El mercado dejaba oír sus voces encontradas. En un toldo vendían chicharrones dorados y crujientes. Allí, naranjas rubias, piñas cuadriculadas, plátanos, pálidas guayabas. Y las señoras, de uno a otro lado, iban con sus cestas regateando y discutiendo. Cubiertos con sus enjalmas, ocho asnos pacían cerca de la pila, y atados a los árboles desmedrados, estaban los caballos de los hacendados, con sus estribos de cuero y sus zamarras de pelo lustroso.

Todo lo miraba y con todo se complacía Fernando, que seguía a su madre. Detrás de él iba Enriqueta con el catre de la señora, vestida con un traje de zaraza y un pañolón a cuadros y calzada con alpargatas nuevas.

Cuántos años tendría Enriqueta? Porque apenas era un poquitín más alta que él... 15, tal vez... y le desagradaba pensar que fuese un año mayor que él, porque creía que lo único importante en la vida era ser "grande", para poder fumar, tener llave de la casa y oír que le decían como a su papá, "Señor Ruiz" y no "Fernandito", o "el niño Fernando". Cierto que él ya había fumado una vez con el primo José, pero...

— No se queden, ordenó doña Berta al llegar a la puerta de la iglesia, volviéndose hacia la moza y el chico. Y cuando Fernando estuvo a su lado, lo tomó por la mano, le hizo descubrirse, y abriéndose paso difícilmente, llegaron hasta cerca del altar de San Antonio. Allí, doña Berta se arrodilló. A su lado, Fernando.

Niebla de incienso. Angeles del introito, que sólo mostraban las cabecitas rizadas, cabecitas navegantes con sus dos alas en el cuello, por la bruma perfumada.

"Introibo ad altare Dei..." "Me acercaré al altar de Dios..." ("Introibo ad altare diaboli, je chanterai l´ épythalame des radieuses nudités dans l´autel de ton corps, ó femme!...". En dónde había leído aquello que era pecado?).

La Virgen no quiere dar el seno al Niño. ¿Pero es que está el seno blanco, bajo la púrpura del traje? Pero es que está allí, palpitando con el corazón, con el pezón rojo de guinda, u oscuro como una avellana?, y el niño no se puede acariciar la carne asexual mientras máma, si es que alguna vez le da el seno su Madre, porque tiene una mirada y una actitud de haber sido Dios durante mucho tiempo y apenas cuenta ocho meses de hombre.

Fernando busca el seno de la Virgen y no lo encuentra, y en su boca se hace el hambre de la boca del Niño y su saliva tiene un sabor de leche, un sabor de hace 14 años; sus miradas van a la desnudez del chiquillo y se encuentran con que "allí" no hay nada. Nada. Entonces, Dios no es hombre? Entonces no tiene "nada"? Entonces no tiene... no tiene "pi-pí"? Fernando se lleva la mano al bolsillo derecho del pantalón. Sí, sí... Tan distinto él del Niño, tan distinto! Pero, por qué? Acaso porque es

Dios?... Porque es hijo de la Virgen que no tiene
senos?... Tal vez.

— Rece, mi hjito, rece...

— Dios te salve, María... Llena eres de gracia... El
Señor es contigo...–quién será "el Señor Escontigo"?
Bendita eres entre todas las mujeres, y bendito es el
fruto de tu vientre, Jesús. Santa María, Madre de Dios,
ruega, señora, por nosotros los pecadores, ahora y
en la hora de nuestra muerte. Amén.

— Dominus vobiscum...

— Que el Señor sea con vosotros... No era eso lo
que decía el sacerdote a cuya casulla llegaba para
crucificarse un rayo de sol que estaba detrás de la
alta ventana?

Sí, dominus, domini, domino, dominum, domine,
domino... Domini, dominorum, dominis, dominos,
domini, dominis... Us, i, o, um, e, o... I, orum, is, i,
is... ¿Y la raíz? : Domin... domin ... domingo, día
del Señor?

Cuando Fernando quiere levantarse porque le due-
len las rodillas, doña Berta lo sujeta por un brazo:

— Pero, niño, si van a alzar...

— Trilín- trilín...Trilililín...— alborota la campanilla.

— Do-don-don-din— roncan las campanas en el
campanario.

Hombres y mujeres hincan la rodilla y hay como
una alta marea de murmullos, como un pleamar de
oraciones.

— Trilín- trilín... trililín— vocea la campanilla. Y
caen las cabezas sobre el pecho, mientras –paloma
de trigo, vuelo de blanca harina en las manos del

sacerdote– se eleva el Pan y se pierde en medio de una densa nube de incienso y devociones.

En la plaza, al gritar la campana mayor, han caído los sombreros, como bajo el soplo de un gran viento las hojas. Doña Berta sigue rezando. Ya va la misa para el fin y comienzan a llegarse al altar las comulgantes.

También doña Berta se levanta y se acerca a aquella ribera de Dios, que rompe sobre los labios hambrientos y sedientos de gracia su oleaje de hostias, blancas como la espuma.

La ve volver a su sitio, con las manos cruzadas sobre el pecho. Y sabe que ahora le golpea el corazón con alegría la ramazón de los huesos, que le brincan los pulsos gozosos y que está su alma como perdida, como ebria del vino de sus propios viñedos ocultos.

— Ite, misa est.

Pero no se va doña Berta. Ya está casi desierta la iglesia. Alguna vieja rezongona farfulla sus oraciones sin saber lo que desea, ni lo que pide. El mismo rayo de sol cae ahora sobre el sagrario. El Espíritu Santo sigue allá arriba, sobre Dios Padre, con sus alitas abiertas. Qué fatiga¡ –piensa Fernando, y bosteza por el Espíritu Santo. De pronto cae algo sobre la calva eterna de Dios Padre…

Ya apagaron todos los cirios y al olor del incienso se mezclan los de la cera y el humo. Sólo permanece encendida la lamparilla temblorosa que vela el sueño de la Virgen y el hambre del Niño y la vigilia eterna. Unas pisadas tardas se arrastran sobre las losas. Pare-

ce que se dilatara el tiempo, que crecieran los minutos, que la vida se hubiera quedado a la puerta. (*Hasta aquí la transcripción indicada*).

Cuando doña Berta se levanta, Fernando toma el
catre, porque Enriqueta se quedó al entrar cerca de
la puerta para irse tan pronto como terminara la
misa————mercado.

Mientras llega la ho[ra del almuer]zo, Fernando va
al————que demora a espaldas de la casa, sem-
brado de maíz y limitado por zanjas cubiertas de
"buchón", en las que croan los sapos, bullen los
renacuajos y se solazan los chiquillos.

Doña Berta se sienta en el corredor, con un libro
en el regazo y mira cómo corren las nubes en el
estadio del cielo, cómo se persiguen los rayos de
sol sobre la pared que cubren las enredaderas de
los curubos y cómo el gato extiende sus miembros
al calor de la mañana de julio.

[N]o puede explicarse Fernando de manera cabal
la actitud de su madre. Entonces la conocía tan poco
que así se equivocaba?

Sentado en el suelo, a la orilla de————
————————juguetea con un junco
————————a a la cerda que rodea
————————chinillos rebusca por
————————y al verla, recuerda
————————go. Este recuerdo le ruboriza y [le]
desagrada. Porque ni siquiera hijo pródigo se siente
con este recibimiento que no fue ni dulce ni amargo, sino blando, fofo, indeciso. Ni se dio muerte al
mejor de los corderos, ni se hizo fiesta ni se le puso

anillo al dedo, ni siquiera salió a la luz el látigo de los castigos. Así no vale la pena ser hijo pródigo.

Cuándo más embebido se halla en estos pensamientos, ve que se abre la puerta que comunica el solar con el patio y aparece Enriqueta.

— Y sumerced, qué hace ahí tan so[li]to?— pregunta sonriente y mimosa...

— Yo? Nada...

— Mire que si se asolea le da su buen dolorón de cabeza...— y se le va acercando a medida que habla. Cuando llega a su lado, F[ernan]do como que presiente que ————————algo y baja los ojos.

— Qué tiene, sumerced ————————raro?

— Ah?

— Que qué tiene?

— Yo? Nada... y levanta hasta los de ella unos ojos tímidos, avergonzados y sin embargo involuntariamente deseosos y ardientes.

— Quiere que lo acompañe un rato? ahora no tengo nada que hacer...

— Pues claro! — y en esta exclamación, excesivamente enfática, se traiciona su deseo.

— Venga se sienta...

A su lado toma asiento Enriqueta. El sólo se atreve a mirarle los pies, rosados, limpios y las piernas torneadas, en las que apunta un [v]ello escaso y débil.

— Le gusta esto a sumerced?

— Sí, es sabroso y a usted?

— A mí, me da lo mismo. Como en todas partes tengo que trabajar...

— Cuántos novios tiene? Pregunta———— sin saber
el porqué de esa pregunta, mirándola ahora a los
ojos,—————————————————ocultarse.
—————————o qué! con lo feo que es————
————————— con una risa ruborosa y————.

— Fea? Que fea?

— Ah! Entonces no soy fea? Si parezco un espanto.
Para bonitas otras personas...

— Quiénes?

— Ah! Ahora no sabe... no se haga el bobo...

— No le gustaría ser novia mía?

— Y esto qué ocurrencias son? Yo de novia de
sumerced? No faltaba más... figúrese...

— Y qué tiene?

— No, pues nada... que diría la gente... Ave María
Purísima!

— Pero, por qué no? pregunta Fernando y lleva su
mano hasta [la] de ella, que no se atreve a re[chazar]
la y la deja ahí, tibia y húmeda, mientras con la otra
escarba en la tierra.

— Enriqueta, me quiere?

— Ah?

— Que si me quiere...

— Pues claro! que lo quie[ro].

— Entonces me da un bes[o?]

— Y esto qué es? Qu[ién sabe don]de aprendió
sumerced—————————————————————

— Sí...? Y su brazo se anuda al cuello de la muchacha, que pugna por desasirse del abrazo.

— No, niño, no moleste, porque me voy.

— Pero por qué no me da un besito?

Entonces por qué dice que me quiere?
— Sí, sí lo quiero, pero es que va y nos ven...
— Que nos van a ver... sí?
— Sí? – y se acerca hasta sentir en su mejilla el calor
de la encendida mejilla de la moza, que con los ojos
turbios y semi cerrados le ofrece la boca húmeda y
tem[b]lorosa.
Un gran beso que dura mucho tiempo, en la mitad
del silencio. Y cuando se separan sus labios, Enriqueta
intenta levantarse.
———á está, para que no diga no———si me voy.
[No se] vaya. Estése otro ratico...
[Quédese] bien formalito.
— ————————————————formal...
————————————a te deja caer su mano sobre el
muslo de la muchacha. A través de la tela delgada
se adivina la dureza de la carne, firme, palpitante.
  Hace una ligera presión y como ella no dice nada,
se decide y lleva la mano hasta el seno, brevísimo y
firme, que tiembla como el pecho de una paloma.
  Tampoco dice nada y como está ciego ya por el
deseo, como sus ojos no ven nada que no sea ella,
vuelve la mano a bajar, llega hasta el borde de la
falda, se insinúa lentamente sobre la prominencia
dulcísima de la rodilla y alcanza a percibir la tibieza
íntima de esa carne a————————————lada.
— No, no, sumerced, dice ella, intentando débil-
mente rechazarlo.
— Pero, por qué? Si eso no tiene nada...
— Es que... es que no tengo ca[lzones]————
— Mejor...— y continúa exploran[do]————

ella, cada vez más venci[da, deján]dose doblar sobre
la hierba————————————que se quiebra bajo su
peso, cerrados, la boca apr————————nos perdidos en
el————————————————dolo, buscándolo...
buscándose.

Ahora, ve sus ojos bajo los suyos, su boca bajo la
suya, su cuerpo bajo el suyo, ahora está dentro de
ella, después de ese pequeño grito que asustó a las
golondrinas y que le hizo sentir una roja humedad
en la única parte de su cuerpo que vive ahora. Y ya
va a dar su boca satisfacción al anhelo de mordisco
que le abrillante los dientes, cuando el látigo divino
le azota las espaldas, le rompe la mirada, le desnuda el rostro y le muestra el más allá de la delicia a la
altura de ecuador su sexo.

Una humedad blanca, una humedad de grumos
como nubes, manchada de ro[jo].

————————————él todavía, caídos los pár[pados]
————————los ojos que hace un minu[to]————————an
enloquecidos, incendiados, apenas movía las piernas fugitivas que en torno de su cuerpo eran como
dos tibios arroyos.

Aplastado todavía por el golpe del goce, anonada-
do, no intentaba siquiera levantarse y miraba, miraba
fijamente ese tallo de hierba que temblaba en el viento como todos los demás, pero que era el único que
se llevaba, que se sorbía su atención, opaca todavía.

Enriqueta entreabrió los ojos, volvió a cerrarlos,
cegada por esa luz que le recordaba la existencia
del mundo por un momento olvidado y perdido y
llevó sus manos a la cabeza de Fernando. En los

cabellos ondulados [y] finos se hundieron sus dedos. Y sus manos atrajeron la cabeza del muchacho, buscó su boca, la boca y todo su cuerpo vibró
en un espasmo gozoso que se rompió, como [el
cris-]tal tan fino, tan transpa[rente]————————————
en un anhelante, en un——————————————————
[so]llozo.

Fernando se deshizo——————————————————
levantó sin mirarla, porque sabía que al verla no
podría dejar el rubor de subir a su rostro en una
grande oleada de sangre –y recobrado ahora el pu-
dor que como una basura se había llevado el hura-
cán del deseo– detrás de un macizo de cañas rehizo
el desarreglo de su vestido.

Pero si otra vez estaba ahí el mundo...

Por encima de la tapia llegó la voz de un carretero
que animaba a sus bueyes. Dejaban oír su rumor de
seda las hojas de los árboles y el sol rasgaba con su
rayo la entraña virgen de una nubecilla recién nacida, que se acababa de separar de su madre, una
gran nube ancha, larga, que viajaba por el cielo como
un pesado y seguro navío.

[Pasa]ba las manos por los ca[bellos revuel]tos para
ponerlos en or[den cuando]——————————oyó la voz.

— [Fernando]!

— Feeernaaando — volvía a llamar doña Berta.

Como si lo hubiese sorprendido, como si hubiese
tenido ojos aquella voz que sólo llegaba ahora, después, a sus oídos, Fernando sintió que el temor hacía un ovillo de sus nervios, le tembló todo el cuerpo y sólo pudo murmurar, susurrar:

— Vooy...

Abrió la puerta que daba al patio y se acercó a doña Berta, pensando si sabría, si podría adivinar en su rostro y en su cont————————————.

—te lo que acababa de pasar... y si había notado la ausencia de Enriqueta...?

No adivinaba que todo había sido tan breve, que todo había pa[sa]do [en] tan pocos segundos, igu[al] bastan unos minutos [para cam]biar el curso de una [vida].

— Claro! Asoleándose [por qué] no se esta aquí en lugar de irse por allá?

— Bueno, mamacita...

— Y fue a traer un asiento del comedor. Se sentó al lado de doña Berta y a los pies de ella vio un periódico. Desde su sitio podía leer "EL TIEMPO" – Bogotá, sábado julio 2 de 1921. Debajo, "Noticias del exterior". "Un atentado contra el regente de Servia". "El match entre Carpentier y Dempsey" y al lado un retrato.

No podía saber de quién era el retrato, porque el nombre del sujeto desaparecía bajo la bota de doña Berta. Pero era imposible que fuera Dempsey o Carpentier, porque los lentes, los bigotes, el cabello cano y el gesto gruñón dela[ta]ban a un anciano. Al lado del retrato leyó: "un aumento de la tari[fa ad]uanera francesa". No le decía [nada aque]llo. Y en el extremo dere[cho de la] página, otro retrato borro[so de un]...militar, que empuña[ba] con la mano izquierda y tenía la derecha dentro del bolsillo del pantalón. Tampoco podía ver el nombre. Levantó la ca-

beza y se quedó mirando las tejas de la tapia. Después recorrió con la vista el pedacito de cielo rectangular que cabía entre el alero bajo el cual estaba
y aquéllas. Azul limpio y tierno. Se habían ido todas
las nubecillas y sólo se vislumbraba el extremo ova-
lado de una que debía de ser aquella grande, que
navegaba como un navío seguro y pesado. Bostezó.
— Qué, ya tiene hambre?
— No, sumerced — y se encontraron sus miradas
con las de doña Berta. No supo por qué pero algo le
apretó el corazón y le vinieron unos deseos de llorar muy grandes, muy h[ondos.]
Se llevó la mano a los———————[vol]vió el rostro
hacia otro [lado sen]tía algo como un va[cío]———
[dul]ce y melancólico y mo———do de tan vago sentimiento, de tan incomprensible emoción, le parecía
sentir allá, allá en "eso que no tenía el Niño Jesús"
un ardor ligero, casi agradable.
— Entonces, qué tiene? Preguntó doña Berta, con
una voz que era ahora más tierna, verdaderamente
maternal.
— Nada, sumerced, nada.
— Póngase a leer, haga algo, porque me desespera
verlo ahí, bostezando.
— Entonces, me voy a leer adentro…
  Se levantó y entró a la alcoba.
Sobre la cama, dos cojines gemelos con el monogra-
ma B. de R., [m]uy entrelazadas las letras bordadas.
Sobre la cabecera de la cama, un retrato. El de su
papá. Alta la frente, dulces los ojos, fina la boca bajo
el espeso bigote castaño y firme la [na]ri[z] recta.

pero cuando él lo [ha]bía visto por última vez————
más cortos los bigotes...

(Por qué ese rostro de ho————————de hombre detenido en aque[l]—————————tiempo, ínsula
de soledad y de silenc[io] aquel sitio del pasado
que él no podría determinar ni fijar exactamente a
qué distancia se hallaba de este minuto de ahora
por qué ese rostro, distante y actual, cuya presencia tenía una indudable vitalidad, no le permitía
creer que el ser a quien representaba había muerto? Acaso porque sólo creemos en la muerte de las
personas cuyo cadáver ha tenido cerca de su frialdad inmóvil y pálida nuestro tibio palpitar sanguí-
neo y el soplo rítmico de nuestra vida y por qué
únicamente esa apariencia de eternidad, de inva-
riabilidad –eternidad que se consume en unas horas para llegar al tiempo breve y horrible de la
descomposición al término del polvo–, pueden
convencernos?

Y por qué se nos antoja imposible la de aquellos
que se fueron de la vida –de la nuestra, no de la
suya, tal vez– por una misteriosa tangente y que
continúan vi[viendo en] nuestro recuerdo – de veras
————————— que dudamos haya concluido—————
————————————————podemos saber si se
con————io definitivamente.

No estaría, entonces, así, viviendo en algún lugar
indefinible, en alguna zona nebulosa –nébula, niebla– y desconocida desde la cual podía recordarlo a
él, a Fernando, su hijo, y pensar –como pensaba él
ahora– que tampoco había muerto? Y por qué re-

cordaba ahora aquel teorema de su primer curso de geometría, según el cual "por tres puntos que no estén en línea recta se puede hacer pasar una circunferencia? Tres puntos que no estén en línea recta y una circunferencia que a los tres los envuelva….).

——————————derecho de la cama es[taba] otra fotografía, que agrupaba a todos sus hermanos. Se quedó mirando los ojos oscuros de Amparo, los lacios cabellos y el fino rostro de Ernestina, el aspecto temeroso de Ifigenia, el alelado rostro de Gustavo y los piececillos de Clarita, la pequeñina, calzados con botitas de lana. Después se miró él mismo, con su' cara inexpresiva de "niño bueno". Y ahora, ya no era un "niño bueno"? Quién sabe qué le iría a pasar… sus hermanas y hermanos estaban unos en el colegio –los mayores– y los menores en casa de su tía.

No se miraba en su retrato como se mira uno a un espejo. Se [sen]tía tan diferente de ese chiquillo, vestido de marinero, con su "capoul" y su mirada fija en ninguna parte, esa mirada que no podía ser suya, su mirada de hacía ma[nta]

Se tendió sobre la ma[nta]——————————
cama y se absorbió en [contem]plación de aquel tiemp[o] ——————so ya——————
del que más——————————————————————
los recuerdos de la Primera Comunión un 19 de marzo, en Chapinero, cuando vivían en la calle 60, –aquella calle en la que había árboles de caucho llenos de pepitas verdes y rojas que dizque eran venenosas y un alcaparro que se cubría de lindas estrellas de oro pálido– y volvía a verse con su cirio

y su lazo de cinta en el brazo izquierdo, y recordaba
que aquél había sido –todos decían eso– el día más
feliz de su vida porque había "recibido el Pan de los
Ángeles", pero ninguna particular circunstancia le
recordaba esa "más grande felicidad de su vida".
Mucho mejor había sido el día de su Confirmación
en Las Nieves, porque el señor arzobispo tan pom-
poso en su pur————————en sus encajes y en su——
———————— en ese anillo, tan gran[de] ————de, que
con tanta un————había besado, se le antojaba como
algo muy importante, muy cercano de la divinidad y
porque su tío Germán –tan rubicundo, tan sonriente–
le había regalado aquel libro tan bello de Walter
Scott "Ivanhoe", que se le quedó en el colegio.

Lo sacó de su ensimismamiento la voz de Mata,
que desde la puerta le dijo:

— Que ya está servido, que venga sumerced a al-
morzar.

Entonces había pasado tanto tiempo desde que
estaba ahí mirando su pasado de niño?

En el comedor estaba su mamá, que ya había co-
menzado a tomar la sopa. Se sentó en su sitio y comió con apetito el buen "ajiaco" con [po]llo. Cuando terminó su————————————————————
iba Fernando por la m————————————————
to y recordó que debía————————[Enri]queta, que
quién————————————a parar. Se quedó sus-
pendido, [con] la cuchara en la mano, esperando.

— Por qué no come? — preguntó doña Berta.

— Qué, mamacita? — respondió volviendo en sí.

— Que por qué se queda así hecho un bobo…

No dijo nada y continuó sorbiendo la sopa pero con los ojos fijos en la puerta.

Mata entró con dos platos y doña Berta preguntó:

— Y dónde está Enriqueta que no viene a servir?

— Eso qué. Esa china como siempre está con sus quejumbres...

Dice que tiene un dolorón de cabeza... –y salió rezongando y arrastrando sus pantuflas cuyo rumor afelpaba las palabras.

— ————i parece que no tuviera————tos, no, Fernando?— dijo————doña Berta.

— Por qu[é], mamacita?

— Pues porque ni siquiera ha preguntado por sus hermanitos.

— Es que como sumerced está tan brava...

Doña Berta guardó silencio, porque adivinó tal vez que esta frase era un prólogo del perdón que no estaba dispuesta a conceder, y al terminar el almuerzo, levantóse diciendo.

— Como yo voy a salir ahora, no vaya a aprovechar para irse a la calle a vagabundear. Tiene que estarse muy formal, aquí, en la casa. Y que le den sus "once[s]" en plata...

— Sí, mamacita –y lentament[e] sin acordarse de nada, ni del colegio, ni de su mamá, ni de Enriqueta, saboreó Fernando su leche y su dulce de moras.

Cuando Mata le dio los cinco centavos, como ya doña Berta se había ido, decidió salir a la calle. Ciertamente ella se lo había prohibido expresamente pero qué iba a hacer él todo e[l] día, toda esa larga tar[de] ————do en la casa.

(*El siguiente fragmento, hasta donde se indica, fue publicado por el autor en la revista* Pan, *de donde se transcribe*).

Al salir Fernando a la puerta de la casa y encontrarse con una más real visión de la vida, pensó en lo que iba a suceder. Como de una sorda embriaguez, como de una turbia torpeza que le velaba el entendimiento, había sido presa hasta ahora. Pero al mirar el pueblo, la plaza del pueblo que –como en todos y de todos– era el corazón; al entrar súbitamente al centro de ese soñoliento domingo aldeano que mostraba su paz y su tranquilidad, ambas tan pasivas e inertes, se le hizo la luz en la mente, como si fuese indispensable la calma para la revelación más simple, la de que algo extraordinario, o inesperado por los menos, estaba a punto de suceder ahora.

Ahí estaban los chiquillos, en grupos vocingleros, triscando y alborotando. Sus voces subían hasta las nubes, como otras nubes que no tuviesen forma pero que llevaran vida semejante, creciendo, deformándose, deshaciéndose finalmente en la atmósfera azul del breve silencio necesario para el ritmo y la armonía, que después les abría el espejo ilimitado y misterioso del eco para su prolongación sin medida.

Después de los chiquillos, en un segundo plano visual y sonoro, estaba la pila con su chorro de agua –el agua "de los brazos desnudos como los de las muchachas"– que cantaban su simple canción, su letanía, su letanía como aquella otra…: "Mater purísima, Mater castíssima, Mater inviolata, Mater intemerata, Mater amabilis, Mater admirabilis…" Purísima y castísima e inviolada el agua del chorro de la pila.

"Mater Creatoris, Mater Salvatoris, Virgo prudentíssima, virgo, virgo, virgo, virgen… Por qué, por qué siempre la vuelta a aquel recuerdo?

Que siguiera el agua cantando su linda letanía de cristal y que respondiera "ora pro nobis" el burbujeo de las espumas y que todo llegara en las orillas de un dulce verde-oscuro, a hacerse hondo silencio de regulares estremecimientos concéntricos.

Tomó el camino de la "Escuela de Varones", bajo cuyo alero crecía ya la sombra de las 3 de la tarde.

Volteaba la veleta, se atediaba la aguja de la torre, hincada en la carne de la atmósfera diáfana, desnuda y mediocre de esta tarde en cuyo centro sólo había un niño, una semilla de hombre que en lo más íntimo de su ser llevaba una ilusión, un presentimiento y un recuerdo. No era, con esto, un hombre?

Ni poco ni mucho le había preocupado hasta ahora su destino. Y si hoy pensaba vagamente en todo eso –eso, que era también tan indeciso– sin darle al momento que vivía su verdadera importancia, lo hacía obediente a quién sabe qué oscura ley desconocida, a algo que presentía oculto y vivo en el ambiente.

Pudiera decirse que se entregaba en total a ese pensamiento, sin grande interés y sin mayor curiosidad, como lo hubiese hecho a otro cualquiera, tal vez porque –quién sabe por qué desconocidas circunstancias y por qué recónditas imposiciones– le atribuía a su futuro y se concedía a sí mismo muy escasa importancia. Su vida de niño había discurrido por los cauces más normales y rígidos: ni grandes dolores ni extraordinarias alegrías. Por ahí cada año un gran goce pueril y más de tarde en tarde, uno que otro dolor inenarrable, terrible, único, eterno que sólo duraba algunas horas.

Y el forzoso vivir en la sombra, en la penumbra de la infancia en que todo es trascendental sin que nos percatemos de ello, a estas horas, a estos años de la vida de Fernando Ruiz hacía que ahora considerase el problema de resolución inminente con la calma irresponsable de quien no puede medir cabalmente ni apreciar de manera completa los aspectos y las modalidades de una situación o un suceso, porque no se lo alumbran suficiente las luces artificiales del conocimiento ni la cenital de la adivinación.

Ahora sí que le hacían falta de veras sus compañeros, porque esta soledad de las cosas y de su espíritu le metía en el pecho un anhelo grande de gritos, un vivo deseo de acción y de movimiento.

Cuanto más andaba, entre la doble fila de sauces convalecientes, peinados por el viento, que señalaba el camino del río —árboles que eran una vegetal anticipación del agua—, más deseaba el bullicio del colegio, el ir y venir de los juegos, el ansia de la persecución y el satisfecho, regocijado suspiro del descanso nocturno, cuando caía sobre el cuerpo fatigado la blancura glacial de las sábanas y se iba la mente a vagar —en brazos del arcángel malo de sonrisa de miel— por las más distantes y desconocidas regiones, que estaban acaso dentro de sí mismo, o tal vez cerca, cerca, muy cerca, al alcance de un ligero movimiento, preso por las ligaduras del temor o del cansancio.

Corría lento el río turbio, corría zigzagueando por los campos verdes. A su paso, se inclinaba la guardia ceremoniosa de los sauces –doncellas vestidas de verde– y detrás, agrupados como una muchedumbre que mira pasar un cortejo, estaban los grises, multitudinarios eucaliptos.

Hasta cuando todas las cosas que lo circundaban se perdieron dentro de la noche, estuvo Fernando a la orilla del río, sin pensar, sin moverse, viendo cómo corría el agua y cómo se llevaba en su seno a las horas y los paisajes.

En la bahía de la noche echaron anclas las estrellas y los luceros encendieron sus fuegos de posición.

Se levantó y emprendió el camino de regreso en medio de las olas de la noche, como un barco al garete.

El mismo camino le ofrecía ahora recuerdos recientes, tiernos, de cosas en que no había reparado y cuya forma no le era desconocida. Todo era ya, después de ido tan poco tiempo, el encuentro con un pasado que todavía tenía algo de presente y que sin embargo comenzaba fugazmente a deshacerse, sobre el filo de un equilibrio que caía en el abismo del futuro.

Con el temor de que ya hubiese llegado doña Berta y notado su ausencia empujó dulcemente la puerta. Todo estaba en silencio. Sólo llegaba de la cocina un apagado rumor de conversaciones. Cuando estuvo en el comedor, llamó:

— Marta!...

— Voooy! –respondió una voz.

Envuelta en su pañolón, con su sonrisa, que ya no le era de tanto serlo, apareció la vieja sirvienta.

— Le cogió la noche a sumercé... Dónde andaba?

— Me fui a dar una vuelta. Mamá ya vino?

— No niño. Siquiera, porque si no, quién la había aguantado! Yo creo que ella se queda a comer donde misía Carmencita.

— Quién?

— Pues misiá Carmencita... Esa señora que es amiga de ella.

— Aaaah!

— Y sumercé no quiere comer todavía? Porque lo que es mi señora no come temprano. Si no se queda allá, antes de venirse se va al rosario y como hoy es domingo, hay sermón y bendición...

— Bueno, entonces, sírvame.

Cuando llegaba a la puerta, la llamó:

— Pero oiga, Marta... Qué hubo... qué hubo de Enriqueta?

— Uuuh! Ya se levantó. Es que es más alharaquienta!... Si no era nada...

Cuando ella le llevó la comida, se le quedó mirándola a la cara, a los ojos húmedos que intentaban esconderse y que él buscaba con una mezcla indecisa de deseo de verlos otra vez como aquélla y de que lograran huir a las miradas de los suyos. Adelantó su mano hasta la de ella y el contacto con aquella piel tibia y morena, ligeramente húmeda, le devolvió en un choque todo el recuerdo del beso. La retiró violentamente, se inclinó sobre el plato y no volvió a mirarla durante toda la comida. Sólo podía ver sus caderas, sus duras nalgas bajo el traje de zaraza, toda su carne, que jugaba dentro del vestido como el agua al verterse en un vaso y las lindas piernas finas, que iban y venían sobre la blancura de las alpargatas, todo formaba –ese nacimiento de la rodilla en el revuelo de la falda!– un conjunto de maravilla, que no hacía necesaria la contemplación del rostro, que al contrario, hubiese roto el encanto con su netitud, con su significado, con la comprobación de la verdad. En cambio, todo lo que veía podía ser, podía pertenecer a otra mujer.

Se aprovechó de una ausencia de Enriqueta para salir del comedor y fue a la alcoba de doña Berta. Desde allí llamó a Marta.

— En dónde me voy a acostar esta noche?, le preguntó.

Yo le arreglé aquí cama, mientras tanto…– y le enseñó un cuarto vecino. Lo malo, añadió, es que no hay luz. Pero sumerced para qué la necesita?…

— Sí, eso no importa.

Con la luz de la alcoba de su mamá, tenía la de Fernando suficiente para que pudiera desvestirse. Se quitó los zapatos, sentado en la cama; se despojó de la chaqueta y de la camisa; bostezó, se quitó los pantalones, conservó la franela y los calzoncillos y se metió en la cama.

Un lento sopor lo envolvió suavemente. Se borró el filo del armario y se apagaron a la vez el rectángulo del espejo y el haz de opaca luz que entraba en su cuarto y llegaba a la punta de sus zapatos polvorientos. Metido ahora entre sus sábanas blancas, cuya blancura, como todo, se perdía en la tiniebla, y metido entre los límites de sus párpados, se echaba por la pendiente del recuerdo de aquella mañana. Pero cuando ya los elementos dispersos estaban a punto de realizar la unidad, la conjunción, una gran niebla de olvido veló todo y Fernando descendió a la cima del sueño, tan puro como el día anterior, como si no hubiera acontecido nada, porque todos lo ignoraban y porque quienes lo sabían estaban ahora dormidos.

Se levantaría muy paso. La cama crujiría con crujido seco de madera vieja. No podría vestirse completamente, para ahorrar tiempo, y se echaría una manta sobre la espalda. Se calzaría los zapatos, sin medias, y al poner el primer pie, el derecho, en el suelo, creería oír que su mamá se revolvía en el lecho. Un momento largo, largo, largo, se estaría con el otro pie en el aire, hasta convencerse de que todo era una simple alucinación. Ahora se ponía a cuatro pies y llegaba a la puerta. No podía saber —tan oscuro estaba— si su mamá le daba la espalda. No, no, qué eran sino sus ojos aquellos dos puntitos luminosos que brillaban en la sombra? Qué tonto! Si era el reflejo de la luna que entraba por un resquicio de la ventana y caía sobre los barrotes del catre... Intentaba abrir la puerta y no podía. Hacía increíbles esfuerzos y únicamente lograba su propósito en el instante en que su mamá bostezaba y el bostezo apagaba el chirrido de las bisagras. Hasta el retrato de su papá llegaba ahora la débil luz lunar. Sólo podía ver la alta frente, con un duro color amarillento, de hueso, de calavera. Qué largo temblor de frío! Y después qué fatigoso viaje por un turbio y lento río de suspiros, que en las orillas mostraba únicamente dos filas de árboles como dedos, como manos, como brazos, como cuerpos. Pero, por qué esos árboles tenían en una fila la altura de su madre y del otro lado el color del traje de su padre, ese traje desconocido del retrato? Por qué el rumor de sus hojas –tenían, no tenían hojas?– era la voz de ella, conocida, cercana, de ahora y por qué de algún sitio –de la raíz, acaso– salía otra voz, venida desde un instante muy lejano y por qué ambos al unirse tenían ese tono terrible, de angustiosa llamada? Viajar, viajar por el río, sin que sus pies se hundiesen, como si anduviera por un camino movible, hasta llegar a otra puerta. Una se abría pues la otra, la que estaba tan lejos, tan lejos, tan lejos, en el principio del otro camino se cerraba ahora para siempre. Y ver cómo de la sombra que guardaba esa puerta al modo de dos tallos que erigían dos flores de cinco pétalos trémulos, nacían dos brazos que se le echaban al cuello, y cómo de un fondo submarino, subnocturno, que estaba en la mitad de los brazos, surgía una cosa viva y húmeda y cálida y animal que se le pegaba a la boca...

Lo habían despertado los pasos de doña Berta.
Cuando las campanas de las 8 con sus dobles tantas
veces repetidos, recordaban a los hombres que debían acordarse de los muertos y la aldea se iba al
sueño por el camino de las cincuenta avemarías del
rosario, estaba anclada la casa en el golfo de la noche.
Al abrir otra vez, despertaron también los oídos;
sólo el pensamiento permanecía oculto en la tiniebla
del sueño; oyó el canto cercano de un gallo. Cantaba
el gallo su canto del lunes, tan diferente del canto del
domingo. Cantaba como corneta de diana, que ma-
druga a llamar con sus voces al trabajo. No tenía ahora el canto dominicales tintineos de campanas: era, a
las 5 de la mañana, pito que llamaba a los hombres a
las fábricas en las ciudades y a la hoz y al arado y a la
silla y al lazo a las gentes de los campos, que a las 5
y 30 de la mañana se encontraban con que lo único
que dormía en medio del fondo de naufragio que
muestra toda aurora, eran las gotitas perezosas de
rocío trasnochador, muy brillantes y muy tranquilas
sobre las mullidas y perfumadas coronas episcopales
de la flor de la papa o tendidas sobre los largos le-
chos de las hojas del maíz, tan tibias y acogedoras
con su fina pelusilla abrigada.

No sabía qué iba a pasar hoy, pero adivinaba que
su mamá había decidido algo respecto de su suerte.
Y en esto pensaba, tendido en la cama, cuya tibieza
apreciaba mejor ahora, al sentir que llegaba hasta su
orilla un sabroso frío mañanero, que se perdía entre
los pliegues y el calor de las mantas y le hacía cerrar
otra vez los ojos y bostezar voluptuosamente.

Ya iba a sumergirse de nuevo en las dulces aguas del sueño, cuando oyó ruido en la alcoba de doña Berta. Se estaría levantando... Escuchó el bostezo y después del bostezo el crujir de la cama al sentarse la señora. Más tarde tintineó un vaso –el de la mesilla de noche. Y comenzaron a alborotar las campanas, como si naciera su sonido del cristalino y brevísimo del vaso.

Con sus voces se llevaron, se sorbieron todos los pequeños ruidos y murmullos domésticos, enriqueciéndose en matices opacos y vagos. También, como el canto del gallo, eran hoy distintas las lenguas que hablaban las campanas.

Tañían con un tañido diferente, más severo y templado. Campanas del lunes, lunes que nace nuevo con todos los hombres viejos por el trabajo, pues sus manos en un solo día de reposo no pudieron olvidarse del contacto con el hierro y la madera que dan el pan para trabajar seis días y para emborracharse uno con alcohol y algo de oraciones.

Sólo los trenes corren los lunes como si estuvieran de fiesta, por los campos. Desmelenado el humo y cantando su canción de pitos y ruedas y campanas.

Sólo los trenes andan en huelga y se llevan a los hombres de la verdura campesina al negro de las fábricas y al gris de las tediosas oficinas.

El trabajo está ahí, detrás de la aurora, con su rostro sin líneas, con su rostro de fastidio y de niebla, con su rostro de lunes, su rostro de día que dura seis días.

La claridad iba llegando lentamente, sin titubeos y comenzaba a desnudar las cosas, revelando líneas y volúmenes y sacando de las sombras los colores –

primero los más vivos y después los profundos y opacos, que estaban más lejos de ella.

En el rectángulo de la puerta, una sombra gris y blanquecina. Y una voz que llegaba hasta él, apagada como todas las voces de esta hora, voces de humo...

— Fernando... Fernando...

— ......

— Fernando, levántese porque nos vamos.

— Sí, mamacita, ya voy...

Se borró la sombra de la puerta y sólo se oyó el arrastrarse de los pasos perezosos.

Retiró las mantas, bostezó nuevamente, se inclinó hasta tomar sus zapatos y cuando se encontraba en esta posición, como si solamente entonces volviera a la vida, recordó el sueño y como una espuma espesa que le subiera por el pecho en precipitadas burbujas, le llegó hasta el gusto el sabor de todo aquel domingo, sabor y color y olor de manzana, sabor y color y tacto de mejilla tersa y de nubecilla grumosa que caía en la tierra cuyo color se iba apagando hasta ser, nada más, una manchita, una manchita de saliva o de agua.

Al salir al patio, una húmeda niebla le dio en el rostro la caricia de sus manos sin forma.

Se anticipaba el sol en la más alta parte del cielo con un débil tono dorado. Los árboles ateridos desperezaban sus ramas.

Su mamá debía de haber salido mientras él se vestía, porque no la vio al pasar por su alcoba. Fue hasta la cocina y vio cómo brillaban las brasas, más rojas y alegres en la penumbra.

— Y mamá?, preguntó a Marta.

— Mi señora se fue a misa. Sumerced no quiere desayunarse? Va a tener que tomar chocolate, porque Enriqueta no viene todavía con la leche y si se esperan no alcanzan.

— No alcanzamos a qué?

— Pues al tren... Ahoritica pasa... Faltando un cuarto para las siete... Ya va a hervir, añadió mirando la olleta, de cuya boca salía el perfume casero y bueno del chocolate, que de pronto saltó, desbordando su hermosa espuma irisada y llenando toda la cocina con su presencia.

— Bueno, sumerced— dijo Marta en la puerta, cuando salía Fernando dando la mano a doña Berta, ahora sí, a ser muy formal... Que le vaya bien a sumerced... – y se llevó la mano derecha a los ojos.

— Adiós, Marta...– y se cerró la puerta sobre ellos y sobre la plaza.

Tomaron el camino de la estación, a través de la densa niebla, que no alcanzaban a vencer los rayos del sol y de alguna estrella rezagada y pálida. Oscuros, borrosos grupos de campesinos marchaban por el mismo camino, confundiéndose con las sombras de las casas y de los árboles.

A tientas avanzaba el día y a tientas llegaron a la estación doña Berta y Fernando.

En la ventanilla del expendio de billetes se agrupaba una heterogénea muchedumbre. Burócratas envueltos en sus abrigos, con las solapas levantadas frotándose las manos y haciendo temblar entre sus

labios la lucecilla roja del cigarrillo; campesinos frio-
lentos y soñolientos, con sus ruanas y sus rostros
oscuros, y una señora gorda, muy gorda, con una
mantilla de blonda bordada.

Tomó doña Berta dos billetes de segunda clase
–$0.38– y se sentó en la sala de espera, con Fernan-
do a su lado.

Se hizo anunciar el convoy con una campanada
sonora, seria, civil y poco después llegó jadeando,
resoplando, acesando la locomotora, que se envol-
vía en gasas y vapores.

Pocas gentes en el vagón. Un viejecito duerme.
No despertó cuando pitó su despedida la locomotora, ni tampoco ahora, cuando el tren se ha puesto
en marcha y le hace mover rítmicamente todo el
cuerpo.

Pasan, pasan los árboles y los prados, que ya besa
el labio dorado de la luz y pasan los ganados, tendidos o paciendo.

Y pasa un grupo de chiquillos a la puerta de una
casa. Uno de ellos viste un trajecito rojo. Y todo
esto pasa durante 10 kilómetros, durante 15 minutos. Lo mismo que pasó tan lentamente a su lado
durante la noche del sábado, pero que sólo ahora
descubre.

Y ya está ahí la ciudad con sus arrabaleras casuchas roñosas. La ciudad gris, color de humo, después del oscuro verdor profundo de los árboles y el
claro verdor cercano de los prados.

Descienden, salen de la estación y toman la Avenida Colón.

Sólo ahora piensa Fernando, al volver a ver la ciudad, como si despertara de un sueño largo y dulce, que se ha fugado del Colegio y que quién sabe qué le irá a pasar. Pero no piensa en esto con temor sino con curiosidad que le obliga a preguntar a doña Berta:

— Mamacita, a dónde vamos?

— Que qué?. Aguárdese y verá…

Tampoco lo inmuta el tono amenazante de la respuesta y continúa caminando al lado de su madre y viendo cómo despierta la ciudad, cómo la luz va creciendo, igual a la hierba, y el día dando sus primeros pasos, sin saber –tampoco él– a dónde va. (*Hasta aquí la transcripción indicada*).

1 Media página quemada.
2 Media página quemada.
3 Media página quemada.
4 Media página quemada.
5 Media página quemada.
6 Media página quemada.
7 Media página quemada.
8 Media página quemada.
9 Media página quemada.
10 Media página quemada.

razón que quiere cambiar de
pecho... y ella hace un ligero
movimiento de su cuello para
que pueda su boca hundirse
en la suya... la tersa pulpa
de su boca, como la de los melocotones, tierna y fulce y fre-
co... como el toque de la
ciana que le lleva ahora
esa ternura, esa dulzor, de
ternura a los oidos esto
esta a Fernando Rojos
Cabo 2º Artillero del Ejército de Colombia.

Permiso
mi calto ---

Este baño tan frío de agua y este
primer baño de vida y de mundo y de
hombres a las cinco y media de la
mañana, era el mejor momento

que renunciase y echar mano de l[os]
mejores, violando la ley que por s[er]
por mayores, los condenaba a p[res]
tar su servicio militar.

Entre los escog[id]os estaba Anto
nio Rodríguez que sin explicación alguna, como sus 9 compa
ñeros, pidió un peso y veinticin[co]
centavos como auxilio de marc[ha]
para trasladarse a ~~la~~ Bogotá. capital.

Entonces, iba ~~ora~~ Antonio Rodríguez a la capital

Fin de la primera parte.

CAPÍTULO 2

La casa estaba situada en la esq[ui]na que mira al Observatorio Nacional. En el reloj de la torre de este edificio [pu]do ver Fernando que eran las 2-10 ó las 10 y 10, pero en realidad eran las 7 y media de la mañana.

A qué irían a esa casa? Sería un nuevo colegio?

Subieron la escalera. No había nadie visible. Se llegaron a una puerta. Un soldado, vestido de kaki, leía. Levantó perezosamente la mirada y preguntó:

— Qué desean?

— A qué horas se puede hablar con el ministro?, preguntó a su vez doña Berta.

— El señor ministro? No tiene hora fija, pero a veces viene por ahí a las nueve…

— Entonces, lo espero.

— Sí, mi señora. Siga y siéntese.

Tomaron asiento en una larga banca. Comenzó a pasar el tiempo, lento, en silencio, [u]n silencio que sólo turbaban el murmullo de las hojas del periódico al ser vol[tea]das por la mano del lector y una tos honda, larga, que venía del interior de la casa.

Cuando Fernando hubo contado las rosas del papel que cubría la pared que estaba ante él −104 rosas, en 13 filas con 8 rosas cada una− y después de buscar algo que no le decían los ojos del Libertador, que lo miraba desde su cuadro, se miró los zapatos; contó los ojales, 2, 4, 6, 8, 10, 12... y 2, 4, 6, 8, 10, 12, 24... A sus pies corrían las franjas rojas y blancas, grises, sucias de la alfombra, que se detenían en la pared. A qué habrían venido? Otra vez se atrevió a preguntar:

— Mamacita, aquí qué es?

— Umnhm?

— Que aquí qué es, sumerced... –repitió.

— El Ministerio de Guerra...

— Aaah!

El Ministerio de Guerra...? El Ministerio de Guerra... se quedó pensando con los ojos fijos en una de las rosas del papel, hizo un mohín de indiferencia con los labios y lev[an]tó los hombros. Se había quedad[o] en el limbo.

Seguía pasando el tiempo, pero tan paso a paso, tan lentamente, que no lo parecía.

Dos moscas se perseguían en el aire, se posaban en el brillo mate y viejo del escritorio, volvían a volar y a zumbar. Si se detuviera una en la punta de la nariz del soldado –pensaba Fernando. Pero las moscas, despreocupadas y tontas iban y venían y tornaban al mismo sitio del escritorio y a los mismos lugares del aire. Fernando bostezó. Su mamá volvió la vista hacia él y después de mirarlo un instante recobró su actitud impasible.

Ahora Fernando se quedó mirándola, así, de perfil y viendo cómo todo el aposento se refugiaba, chiquitito pero exacto, en el cristal izquierdo de sus lentes, con el soldado detrás del escritorio, con el [pe]riódico, que se veía como una pequeñísima mancha blanca, con el retrato del Libertador, que era un puntito casi imperceptible.

Cuántos lunares tenía su mamá! Uno, dos, tres, diez, catorce... No, uno, dos, tres, con el que estaba debajo de la oreja, cuatro, cinco, ocho, doce, dieciséis... y del otro lado de la cara...? También él tenía lunares... Se llevó la mano derecha a la mejilla y palpó, buscando encontrar el volumen de las manchitas oscuras... Cerca de la barbilla, bajo el labio, percibió una ligera prominencia. Y en el cuerpo? Dos en la pierna izquierda y uno en la mano izquierda y seis en la derecha...

Cómo se atediaba! Tamborileó con los dedos en la banca y su mamá volvió a mirarlo, ahora más severa:

— Estése quieto! Parece azugado...

Cruzó los brazos, pero, independientemente de su voluntad, comenzó a balancear las piernas.

— Que se esté quieto, repitió doña Berta.

— Pero si no estoy haciendo nada!

El soldado, al oír el murmullo de las voces, levantó la cabeza y sonrió benévolamente.

— Yo creo que ya no tarda, dijo.

— Ojalá, respondió doña Berta.

Por la puerta pasó alguna persona que no pudo ver bien Fernando. Después, comenzaron a entrar oficiales vestidos de azul, con franjas rojas en los pantalones y sables retintineantes. Algunos calzaban espolines. En algún lugar del mundo un reloj dio las ocho. Y aquellas ocho campanadas, crudas y secas, eran tan tristes como los dobles de las campanas del pueblo a las ocho de la noche.

Un caballero vestido de negro, con los bigotes y el cabello entrecano, que llevaba una carpeta bajo el brazo, pasó por la puerta.

— Ahí está, dijo doña Berta, dirigiéndose al soldado.

— El señor ministro? –preguntó, y se levantó como movido por un resorte.

— Haga el favor de anunciarme, dijo doña Berta, y buscó en su cartera una tarjeta que le tendió.

El soldado miró la tarjeta, la leyó en voz baja y salió.

— Que siga, mi señora, dijo al volver.

Doña Berta tomó por la mano a Fernando y se encaminó a la puerta. En el corredor, una palma hacía más húmeda la penumbra.

El soldado se adelantó y abrió una puerta. El despacho estaba alfombrado de rojo. El vejete se levantó muy obsequioso, y se dirigió a ellos.

— A ver, mi señora, cuánto gusto de verla, en qué puedo servirla?

— Muchas gracias doctor. Vengo a proporcionarle una pequeña molestia.

— Por supuesto… Pues no faltaba más… lo que guste… Lo que guste… Pero, siéntese, mi señora. Y este muchachazo? Añadió tendiendo la mano a Fernando. Si ya es un hombre…

— Sí, doctor, precisamente por él es que vengo… titubeó y pareció que su decisión firmísima vacilara al encontrarse sus ojos con los de Fernando, más sorprendidos que temerosos, pero haciendo un esfuerzo continuó:

— Ya no sé qué hacer con él... Se ha salido de todos los colegios y me tiene completamente desesperada...

— Ummhuu, gruñó el ministro y miró a Fernando. Cuántos años tiene?

— Va a cumplir catorce... usted sí cree, doctor, que resista el cuartel?

— Pues ahí veremos... Lo que importa es que no la haga sufrir más a usted. Qué muchachos éstos!

— Sí, doctor, son una calamidad!

De manera que él hacía sufrir a su madre? Y comprendió entonces, de improviso, el sentido de la palabra "sufrir". Pero él lo había hecho sin pensar... sin creer que fuera tan grave... ahora lo iban a mandar al cuartel...

— Voy a mandarlo entonces a la artillería. Allá es menos pesado el servicio.

Cuando el soldado llegó y se puso firmes, don Jorge Roa le dijo:

— Lleve a este muchacho a la artillería y diga que mando decir yo que le den de alta.

El soldado miró a Fernando, sorprendido, y esperó a que éste se levantara. Pero no parecía el muchacho darse cuenta de lo que pasaba y alternativamente miraba al ministro, a doña Berta y a su conductor. Finalmente, doña Berta, con la voz ligeramente turbada, le dijo:

— Bueno, mi hijito, váyase y vea lo que les pasa a los niños que no quieren estudiar.

Con la cabeza baja, sin mirar a nadie para que no le vieran las lágrimas que se le saltaban de los ojos y apretando entre las manos, se dirigió Fernando a la puerta. Lo siguió el ordenanza. Antes de salir, en el umbral, alcanzó a oír a su mamá que decía:

— Muchas gracias, doctor. Le quedo muy agradecida...

— De nada, mi señora, de nada...

El soldado se le acercó y bajaron las escaleras. Al llegar a la calle, le dijo:

— No sea bobo, no vaya a llorar, porque en el cuartel tiene que trancar muy duro. Deje y verá cómo se acostumbra.

Le dictaba estas palabras un sentimiento de compasión, el mismo que lo hizo llevar su mano hasta la de Fernando, como si fuera un chiquillo de pocos años.

Qué feo, qué gris, qué triste le pareció ahora el mundo a Fernando! Como si la calle fuese más estrecha y el cielo más bajo... En una tabla leyó: "Peto y arepas". "Asistencia diaria y mensual". "El famoso té de miss". Pero no comprendía nada, como si en su cerebro se hubiese hecho un absoluto vacío, o, mejor, como si no cupiese en él sino una idea, la del cuartel.

Cuando llegaron al "Regimiento de Artillería 'Bogotá' número 1", el soldado se adelantó. A la derecha del zaguán estaba el cuerpo de guardia. Desde la puerta, dijo, poniéndose firmes:

— Puedo hablar con mi primero?

— A ver, qué quiere? Dijo una voz.

— Que manda decir el señor ministro que den de alta a este... a este... joven.

— Qué? Respondió la voz y salió a la luz de la calle un sargento primero, cuyo sable retintineaba alegremente.

Se quedó mirando a Fernando, con unos ojos vivos e inquietos, y después estalló en una carcajada:

— Pero si es un niño...! Y eso para qué mandan aquí?

El soldado no contestó nada. El centinela miraba de reojo y los otros soldados habían asomado sus rostros al oír [l]a risa de su primero.

— Bueno, yo le digo al oficial de servicio.

— Con su permiso me retiro, mi primero, dijo el soldado, y dio media vuelta.

— Adiós, murmuró al pasar al la[do] de Fernando.

— Adiós, respondió, y se quedó mirándolo, como que era el último lazo que lo unía a esa otra vida y como que quedaba ahora solo, abandonado ante este mundo de seres y de cosas desconocidas.

— A ver, siga, vamos donde mi capitán.

Lo siguió Fernando y no tuvieron mucho que andar, porque al abrir la puerta que caía sobre el primer patio, tropezaron con un oficial chiquitín, de cerca de cuarenta años, con un bigotito muy negro.

— Precisamente iba a buscarlo, mi capitán, dijo el sargento.

— Qué pasa, Arias? Preguntó el capitán, que se había quedado mirando a Fernando.

— Que el señor ministro manda decir que den de alta a este muchacho.

— Que qué? Que lo den de alta? Pero esas son vagabunderías... Cuántos años tienes, dijo dirigiéndose a Fernando.

— Catorce…, contestó éste, que comenzaba a sentir-
se lastimado por lo que adivinaba que pensaban de
él.

— No ve? Catorce años… Cómo se les ocurre? Pero
qué se va a hacer… Entonces, Arias, que lo den de
alta en la cuarta… y hágase cargo de él…

— Cómo te llamas? Añadió volviéndose.

— Fernando Ruiz, a sus órdenes…

— Muy bien… Y usted, Arias, va a tener que hacer
de niñera, añadió. Cuídelo porque como lo manda
el mismo Ministro…

— Como ordene, mi capitán. Dio media vuelta, se
acercó a la puerta de la guardia y gritó:

— Cabo! Queda encargado… y usted, agregó dirigiéndose a Fernando, camine le doy su ropa y va a
que le corten el pelo.

Cuando vistió el uniforme de kaki, que tan grande
le iba, después del baño que sacudió su cuerpo con
los tónicos latigazos del agua helada, fue Fernando
a la peluquería.

Metido entre la sábana blanca fue viendo cómo
caían sus cabellos bajo el filo presuroso de las tije-
ras primero y luego el ordenado————de la ma-
quinilla y en ese estado de estupefacción en que se
hallaba que es como vimos primero, pareciole que
con su cabello se le iba su infancia, como si fuesen
mil lazos finos y sutiles que a ella lo habían ligado
hasta entonces.

Se encontró al levantarse con un espejo, que le
devolvió una figura suya tan atrozmente ridícula,
que no pudo evitar una sonrisa, en la que tenían

partes iguales la burla y la compasión. Una cabeza casi blanca, casi en la piel, con algunas zonas enrojecidas, que no era ya esa parte del cuerpo inaccesible a las sensaciones, que percibía el frío y le había cambiado la forma, la expresión del rostro, que con los grandes ojos absortos y a pesar de ellos, tenía una semejanza extraordinaria con el de un ratón sorprendido. Se miró el traje y como la blusa le llegaba hasta cerca de las rodillas y había tenido que doblarse pantalones y mangas, se encontró con un aspecto informe de saco lleno de costurones en el que no eran proporcionados a su estatura ni siquiera los botones.

Se cubrió la cabeza con la gorra y siguió al sargento, que lo llevó al almacén de la 4ª batería para entregarle su equipo.

Recibió el morral, la mochila, la morenita, los cubiertos, los platos, la taza, el jarro, un cinturón, un platón, una toalla y dos mantas, una de las cuales roja con una inscripción diagonal negra, que rezaba: "Ejército de Colombia".

— El uniforme azul y los botines, se los doy después, dijo el sargento. Como todavía no saldrá, hay tiempo para que se lo arreglen…

— Sí, mi sargento. Aquí a todos se les dice por el grado. Sí, mi capitán, sí, mi coronel, sí, mi sargento, sí, mi cabo, oye?

— Sí, sí, miii… miii…

— Mi primero, porque yo soy sargento primero— concluyó, sonriente y persuadido de su importancia.

— Sí, mi primero.

— Mañana le digo al cabo González que comience a instruirlo con los otros reclutas. Y oiga, no sea pendejo, que aquí no le pasa nada. Esto es para los hombres y aquí se vuelve macho. Oye?

— Sí, mi primero, pero la voz le salía temblorosa, apagada.

— Camine arregle su cama y después estése por ahí, hasta que sea la hora del almuerzo. Yo le aviso.

En el dormitorio de la 4ª vio Fernando aquellas terribles camas de tres pisos, que imponen la más forzosa y estrecha intimidad con gentes desconocidas y distantes, pero a la que, como a todo, tan pronto habría de acostumbrarse.

— Esa de arriba, indicó el sargento. Así no tiene que sufrir la subida de los demás.

Subió Fernando, extendió las mantas sobre el jergón de paja, miró la almohada sin funda, pensó en su cama del colegio, tan limpia, tan blanca, y sólo detuvo sus lágrimas, a la orilla de las pestañas, la voz de González, que decía desde abajo:

— Ya acabó?

— Sí, mi primero.

— Bueno, entonces camine le doy su cómoda.

También los armarios y cómodas estaban dispuestos en bloques de tres compartimentos. El suyo era el que correspondía al número de la cama: 27. A duras penas alcanzaba hasta las argollas. Colocó dentro su equipo y el sargento le dijo:

— Voy a conseguirle un candado. Si no, le roban las cosas y después se las descuentan.

Cuando hubo echado el candado y guardó la llave en uno de los bolsillos del pantalón siguió a Arias. Bajaron la escalera, pasaron el corredor y al llegar al patio le dijo el sargento:

— Quédese por ahí... Ya son como las once. A las once y media es el almuerzo.

Como un perro abandonado, como un niño perdido en una ciudad desconocida, se quedó Fernando en la mitad del patio. Agosto había desatado su viento frío, que venía de las sierras e impulsaba a las nubes. A pesar del sol, claro y limpio, era esta hora oscura, cerrada para el muchacho, que no sabía qué hacerse con las manos, que desconocían el traje y no encontraban los bolsillos.

Pasó un oficial, se quedó mirándolo, sorprendido y arrogante. Se detuvo [un] instante, sonrió y siguió su camino hacia la puerta de salida.

En una de las gradas de la escalera central, que a la mitad se abría en dos brazos, se sentó Fernando. Contó los escalones: 25. Sobre la piedra vagaban las moscas. Permanecían un momento quietas, después, daban una carrerita y luego volaban, zumbando en torno de su cabeza.

También se le veía lo sonrosado del dedo gordo por la abertura de las alpargatas, como a Enriqueta. Pero sólo duró un instante este recuerdo pues ni podía recordar, ni era capaz de pensar. El sol se escondió detrás de una nube que le echó su sombra a la cara.

Un corneta salió al patio, se cuadró, se llevó el instrumento a la boca, hinchó los carrillos, cerró los ojos y lanzó su gran grito vibrante el brillante gallo de cobre.

De verdad fueron duros de soportar aquellos primeros días. Pero después, la costumbre le había dado otra forma a la vida y se la había hecho soportable.

A las 5 y media la corneta tocaba su diana afanosa:

— Le – van – taaarse – bañarse y tomaaaar – su caféeeee – levantaaaarse – bañarse y tomar su caféeeeeeee...

Entonces se rompía a la vez el sueño de los 400 hombres, como si la misma piedra hubiese caído en el agua de esos 400 lagos de reposo y de sueño. Un sordo murmullo de voces, de pasos, de carreras. Los metálicos rumores de los candados, el retintineo de los platones con las puertas de los armarios y la orden seca, neta de los suboficiales,

— A formar!

En el baño había pasado las peores horas, porque nunca se había bañado desnudo ni entre tan grande muchedumbre. Esos cuerpos grandes, gruesos, fuertes, blancos y morenos, esas oscuridades del pubis y de las axilas y del pecho, le ponían en el ánimo y en la carne un temblor de misterio, de vergüenza y de inferioridad que le llevaba las manos inevitablemente hacia su sexo de adolescente, para cubrirlo e intentar inútilmente sustraerlo a las burlas de sus compañeros.

— Ay, cuidado le van a ver la chocha a la niña!

— Cállense, vergajos, decía el sargento.

Se apagaban por un instante el vocerío y las carcajadas y sólo se escuchaba el ruido sordo y mate

del agua al caer sobre los cuerpos de los soldados.

— Mirá, mirá, cómo se tapa...y lo empujaban y lo
hacían poner a la luz todo para reírse.

— Si está virgo el chinito.... Pobrecito sumerced,
todavía "no ha comido arroz"...

— Bueno, apuren, carajo! volvía a decir el suboficial
y sólo la prisa les impedía seguir la zumba y a Fernando dejar que las lágrimas de vergüenza se mez-
claran al agua que corría por su rostro. No se hubiera
notado...

Antonio Rodríguez tenía 21 años, de los cuales
llevaba 14 sembrando y cosechando papa en las cer-
canías de Nuevo Colón.

Su visión de la vida estaba señalada y limitada por
las fronteras del poblado, que eran un rumoroso
verdear de los campos de papa y un bisbisar de
trigales maduros. Toda su vida y todo, todo el mundo tan a raíz de la tierra. Sólo se elevaba un poquitín
más la torrecilla de la iglesia, achaparrada, blanca.

Desde que nació estuvo tan cerca de la tierra, que
tenía por ella el amor que deben de sentir las más
elementales criaturas que la sienten bajo su cuerpo.
Y después de aquella época opaca de su niñez, cuando miraba con los ojos nebulosos de chiquillo trabajar a su padre y sus hermanos, llegó la edad de
las primeras incursiones al poblado, para comprar
la chicha, que a hurto saboreaba antes de que llegara a su destino los resecos gargüeros de hombres y
mujeres, ardidos por el sol de hierro del trabajo.

De esa papa comía y de la chicha de ese maíz se alimentaba Antonio Rodríguez, lo mismo que muchas otras generaciones de antepasados suyos. Y para comer la una y beber la otra, trabajaba con arado y azadón, desde el canto del gallo hasta el grito de la lechuza, cuyas alas se despegaban a la vez que las de la sombra.

El reposo de los domingos no era para los campesinos sino otra forma del trabajo. La hoz quedaba en un rincón, al lado del yugo y clavada la aguja femenina en un trozo de tela, cerca de la rueca. Al paisaje gris de la costura y al negro de la tierra y al dorado pajizo de los cebadales y los trigales, sucedía uno rojo y oro de casullas y negro de oraciones incomprensibles, tanto como ese Dios que a su capricho podía dar la eterna felicidad de la gloria a quienes pagaran cumplidamente primicias y diezmos o condenarlos para siempre al fuego de sus infiernos, sólo por haber apuñalado al enemigo cuyas reses devastaban los sembrados o por vivir en "mal estado" con aquella chica que fue tan lozana y ahora mostraba el cuerpo derruido por la maternidad y el color de la piel agostado y marchito, y con un borboteo de chicha amarilla que ponía al mundo a dar vueltas en torno de cada hombre a pesar de que intentaban volverlos a la realidad los gemidos del tiple o los llantos de los chiquillos que no bebían nada de los senos, perdidos también para las madres en la balumba ciega y sorda y loca y locuaz de las embrutecedoras borracheras.

En una de aquellas ocasiones conoció Antonio
Rodríguez a María Ignacia. Tal vez fue en la fiesta
de San Isidro, o acaso en la Semana Santa. De todas
maneras, y olvidándose de verdad de las amenazas
parroquiales, se fueron a vivir a su misma casa. Los
parientes rezongaron y hablaron y gritaron los primeros días, pero como la muchacha trabajaba y era
útil, en breve se olvidaron de lo anormal de su situación y aquel enlace no tuvo mayor trascendencia
que la muerte del novillo pintado, que se rompió
una pata y se murió cualquier día quejándose como
un niño bajo los ojos maternales de toda la vacada
que no podía lamer su dolor porque la separaban
del doliente cuatro cuerdas de alambre de púas.

Cada año corría por el pueblo un temblor de páni-
co. Habían llegado los militares a hacer el sorteo.
Esto significaba algo más terrible que las epidemias
y las sequías porque una buena parte de los mozos
campesinos tenían que abandonar su tierra para ir a
"servirle al gobierno".

El gobierno… el gobierno era como un señor muy
severo, dueño de vidas y haciendas, que podía hacer lo que quisiera. Más poderoso, mucho más poderoso que el cura, porque éste sólo exigía –para
Dios, para Dios– una parte de las cosechas, y el
gobierno se llevaba a los muchachos y dejaba a madres y novias esperando un año a los que se habían
ido a eso tan grande y tan inimaginable que era la
capital. Si es que volvían, porque las mujeres de la
capital con sus artes endiabladas habían diezmado
muchos hogares dejándolos para siempre en espera

de la vuelta de los ausentes, que poco a poco caían también en esa zona de frialdad y de olvido que no sólo está reservada a los muertos sino a todos aquellos que se escapan de uno u otro modo de nuestra vida.

El capitán llegó a Nuevo Colón con el oficial de sanidad y el escribiente; cabalgaba éste una mula rucia, resabiada y difícil, y los primeros unos pobres caballejos cansados, que conocían de antiguo las ventas y las posadas. En la plaza, dormida en el mediodía campesino —ese mediodía que es ya la mitad del trabajo cumplido, mediodía del reposo verde de las tierras y del sudoroso descanso de los hombres—, en la plaza desierta caracoleó el caballo del capitán como en los días de entierro o de parada, cuando bajo el peso de su dueño y al escuchar las marchas alegres de las cornetas le hervía la sangre de los buenos años mozos.

— Dónde estará el alcalde? Preguntó el capitán.

— Dónde? Pues en el estanco, respondió el médico con su sonrisilla adulona. Y si no está, —agregó— nosotros sí podemos echarnos un vidrio al cuerpo antes del almuerzo.

— Entonces, vamos.

Se apearon ante el estanco, entraron el capitán y el médico, y el escribiente tomó de las riendas a las cabalgaduras.

El estanquero sirvió su mejor puro, su mejor mejorana a tan importantes visitantes y mandó a un chico a buscar el alcalde. Poco después llegó éste, envuelto en su ruana, con un rostro que denuncia-

ba la frecuencia de sus visitas al estanco y una obse-
quiosa sonrisa infatigable que reemplazaba su difi-
cultad de expresión.

Entre vaso y vaso se decidió que el examen de
aptitud y el sorteo de los que resultaran hábiles tendría lugar después del almuerzo a que los convida-
ba el señor cura, que estaba enterado –como se
enteran de todo los curas aldeanos, sin que nadie
sepa cómo– de la llegada del oficial de reclutamien-
to y su reducido séquito.

Muy alegre, muy limpia la casa cural y muy lindos
los geranios del Padre Pedroza, tan lucio, tan cuidado, tan sonriente.

Ahora ante el capitán, el médico y el alcalde como
airado en su púlpito cuando los campesinos no aten-
dían oportunamente al cumplimiento del quinto de
los mandamientos de la iglesia de Dios, que dispo-
ne el pago de diezmos y primicias –diez espigas
bien granadas por cada ciento diez vaquillas y diez
palominos y unas cuantas mocitas, primicias ellas sí,
de ingenuidad y de frescura de las carnes– manza-
nares de las mejillas, cerezales de los labios, perales
de los cuerpecillos con sólo dos peras temblorosas
en el injerto de guindas y el melocotón afelpado
por una pelusilla que qué bien sabía y cuán sabrosa
era para quien podía gustarla aunque fuese a través
de un velillo de lágrimas y un débil intento de resistencia que se mudaba –pues cómo si no– en apagado sollozo y en cerrar los ojos y en resignarse a lo
irremediable, que era además tan cruel porque no
dejaba compartir aquel placer que se adivinaba tan

maravilloso en el otro –como la fruta que sólo da goce al mordisco sin recibir ninguno que no sea el placer de chorrear su jugo y dar toda su dulzura.

— Y qué trae de por esas tierras el señor capitán? Preguntó el cura, con su vaso de vino en la mano.

— Pues por allá no hay nada nuevo, doctor. Todo lo mismo.

— Y… y de política, qué hay?

— De política? Lo que usted sabe. El gobierno trabajando y los "rojos" insultando al gobierno…

— Ah! Esos "rojos", –interrumpió el cura–. Pero a los de aquí sí los tengo del pescuezo. Ahí que molesten en su concejo, pero que no me vayan a meterles a los campesinos sus ideas revolucionarias en la cabeza, porque como dice Isaías: "He aquí todos iniquidad, y las obras de ellos nada: viento y vanidad son sus vaciadizos". Con ellos no hay sino el garrote, porque con ninguna otra razón entienden.

— Sí, doctor, respondió el capitán, que más pensaba a esa hora en el almuerzo que en las iniquidades de los rojos.

— Y tráteme bien a mis muchachos y no deje que se me pierdan, sobre todo con esas mujeres de la capital… Recuerde, señor capitán, lo que dicen los "proverbios": "porque los labios de la extraña destilan miel y su paladar es más blando que el aceite: mas su fin es amargo como el ajenjo, agudo como cuchillo de dos filos. Sus pies descienden a la muerte; sus pasos sustentan el sepulcro…". Pobres muchachos!

Y esta exclamación en la golosa boca cural no podía encontrar el tono compasivo, tanta recóndita miel
de deseos saboreaban labios y lengua y de tal manera el paladar se ablandaba para el gusto de lo ansiado
ahora y tantas veces catado entre el incienso de la
mañana, la siesta del mediodía y el buen breviario de
finas hojas que se iban pasando por el viento de la
meditación absorta y soñolienta cuando en la tarde
paseaba el padre Pedroza por el corredor alto de la
casa, satisfechos todos sus deseos, hartos todos sus
sentidos y cuando llegaban a sus oídos eclesiásticos
los sonidos feudales de las campanas que le hacían
germinar en el espíritu unas robustas ilusiones de
consagración episcopal y que recordaban a los campesinos sus deberes para con Dios –y su represen-
tante en Nuevo Colón, el padre Pedroza, que era para
ellos algo así como un enviado extraordinario y ministro plenipotenciario de la divinidad. Como si hubiera motivo para sorprenderse…!Si Dios piensa en todo.

Y en todo esto pensaba el doctor Álvarez, que
sonreía con los ojos vivaces más que con la boca,
cuyo pliegue irónico disimulaba un corto bigotillo
guasón.

— Hasta qué horas nos irá a tener aquí este fraile,
muertos de hambre y escuchándole sus sermones?
Se decía y miraba al ese San Antonio tan buen mozo,
tan simpático, con el niño en los brazos, y a ese don
Marco Fidel Suárez, que escondía su humildad detrás de la banda tricolor de los presidentes. Le iba
tan bien la banda a San Antonio como el niño a don
Marcos.

— Y el doctor Álvarez se atrevía a pensar de manera tan irrespetuosa, porque era uno de esos liberalotes de esos "rojos" bandidos que sólo querían violar a las pobrecitas monjas y explotar y engañar a los pobrecitos campesinos. Pero para impedir tan grandes atrocidades, y tan descomunales entuertos, estaban en la tierra los Ministros del Señor, y entre ellos el padre Pedroza, que callaba ahora escuchando al alcalde, que con su ruana y su sombrero sobre las piernas, le relataba los últimos acontecimientos del pueblo.

A las 3 y media, un poquitín soñolientos, porque durante el copioso almuerzo no habían escaseado los vinos de la bodega parroquial, llegaron a la alcaldía el capitán, el médico y el alcalde. El escribiente los esperaba desde hacía mucho tiempo.

Había almorzado en una chichería y trabado conocimiento con algunos conscriptos y sus familiares, que con ojos espantados esperaban la hora del terrible acontecimiento, mientras murmuraban súplicas de intervención y elevaban plegarias al Cielo, muy azul y muy lindo y muy campesino endomingado en aquel martes de marzo de 1921.

Ahí estaban, en cuclillas, bajo el cobijo triangular de sus ruanas y sus mantillas los indios, con ese seco color de tierra muy trabajada en la carne facial que vivifica la resignación y anima la negativa fuerza del sometimiento como las quebradas y arroyos, que no se sabe por qué ni para qué nacen en riscos y peñascos sin otro fin ni virtud distinta de la de hacer más claro lo profundo y lo duro más blando.

Por la musicalidad del arroyo que apenas habla una
o dos palabras de agua, por la misma musicalidad
de su significativo silencio, esos áridos rostros se
alumbran con la sumisa mirada que se esquiva y no
quiere darse toda en entrega ni tomarlo todo en
absorción, no sea que otra vez lo temido se haga
realidad, o lo presentido certidumbre.

Entre los indios estaba Antonio Rodríguez.

— Bueno, muchachos, nos vamos para Bogotá!, exclamó el médico con su voz más alegre. Vamos a
comenzar. Decídanse aquí, prontico, porque no nos
queda tiempo.

— Sí, doctor, contestó alguno, el más animoso, aquel
que existe en toda agrupación, al que nada le importa, el que está siempre dispuesto a irse, a cambiar, el aventurero.

Entonces fue el ponerse a la luz toda la miseria de
la carne colombiana. A medida que caía un harapo
y que el buen sol inmaculado ganaba una zona de
vida carnal, se podían medir todos los dolores y
lacerías de la raza con un ojo que vacilaba en des-
peñarse por el abismo de la lágrima o trepar la fácil
colina del guiño burlón y malicioso.

Aquellos ojos fijos, bobos, que no sabían mirar y
se quedaban muertos con su quieta vida pegada al
ser o al objeto, sin parpadeo, sin pestañeo, sin ojea-
da, sin nada de lo que es vida expresiva o simplemente significativa del ojo. Y aquellas bocas fétidas,
entreabiertas siempre porque los pólipos habían al-
zado barricadas infranqueables en el otro camino
del aire. Y esos pechos hundidos sin fragua de vivos

pulmones ni martillar de rojos corazones sino con un anhelar tardío y un débil golpear tan tímido como los brazos largos, pálidos, terminados en unas manos monstruosas que eran como las dos verdaderas cabezas de aquellos cuerpos. Y entre la pelambre seca y gruesa y escasa del pubis, la raíz del pene mordido por el chomado, quemado por la blenorragia que caía en el testículo vencido por el camino del cegado epidídimo, camino que ya nunca podrían recorrer más afortunadas generaciones de zoopermos colombianos.

Y esto era lo que estaba a la luz, porque había detrás de tanta ruina que se podría llamar monumental, todo un ejército de trabajadores ocultos, muchos de ellos consignados en aquel Reglamento de Aptitud Física para el servicio militar No. 19, que iba siempre con el oficial de sanidad y que constituía el más impertinente y constante de los cargos que podían hacerse a los gobernantes de la época "civilizada" de Colombia, esa que todavía está por demarcar, pero que los espíritus conservadores ven "perdida en la noche de los tiempos" y los anhelos revolucionarios vislumbran apenas en una realidad recién nacida.

Por igual y muy de la mano andaban el paludismo, el pian y la lepra, seguidos por los sarcomas y los lupos y la sífilis. Y como séquito de pequeños males las hernias, las litiasis, los tumores, la epilepsia "y cuanto Dios en su bondad nos dio".

De 115, sólo 17 eran más o menos "aptos para el servicio". Y había que resignarse y echar mano de los mejores, violando la ley que por eso, por mejores, los condenaba a prestar su servicio militar.

Entre los escogidos estaba Antonio Rodríguez, que sin explicación alguna, como sus 9 compañeros, recibió un peso y veinticinco centavos como auxilios de marcha para trasladarse a Bogotá.

Entonces, iba Antonio Rodríguez a la capital.

Fin de la primera parte.[1]

---

[1] Aquí aparecen las firmas de cinco lectores del manuscrito. Se lee claramente la de Jorge Gaitán Durán.

umpeñados el teniente Sierra y el capi-
au Valdés.

mujer para empezar
un año

el de
1953
o el de 1946

CAPÍTULO 3

El subteniente Gustavo Ramos vigilaba la instrucción de gimnasia de la 4a batería, en el tercer patio.
— Tenderse! ordenaba el sargento Arias y caían los soldados, rectos, sobre las palmas de las manos, como cien árboles abatidos por el hacha de la voz cortante.
— Levantarse!, volvía a gritar el sargento, y entonces eran de ver los movimientos torpes y embarazados de todos aquellos miembros para recobrar la posición vertical.
— Al otro patio, carrera mar!— ordenó el sargento. Y el ruido de los doscientos pies sobre el piso era un alegre ruido tempestuoso, vital, animal, de rebaño disciplinado.

El subteniente Ramos asistía a la instrucción gimnástica, porque no había manera de eludirla. Pero bien hubiera preferido estar a esa hora de las 6 y media de la mañana, nebulosa y opalina, fría, con un frío que mordía la carne con su llama, bien abrigado entre sus mantas, como debía de estar ahora el coronel Díaz. Ciertamente estaba envuelto en su capa, esa capa que no lograba disminuir su elevada estatura y que tenía colgados los guantes, pero a pesar de eso, tal vez por la trasnochada la empuñadura del sable parecíale hecha de un metal muerto, que no lograba calentarse y sentía que por el cuello le pasaba el viento su cuchillo glacial.

— Qué tediosa era la milicia, caramba!

Esa disposición constante al capricho de los superiores, esa abdicación de la voluntad, esa entrega del albedrío. Ni siquiera poder ir esta tarde a ver a Teresa, porque a las 12 tenía que recibir el puesto de oficial de servicio. Y todo por complacer a su papá, porque nunca le había gustado la milicia. Pero el viejo coronel conservador no se resignaba a que los laureles de la familia se marchitaran y había dado la orden, militar, inapelable, de que Gustavo entrara a la Escuela Militar. Ya hacía seis meses que estaba en la artillería y cuatro que conocía a Teresa.

Mientras los soldados continuaban sus ejercicios a la voz de mando del sargento –Brazos al frente, estiren! Arriba, estiren! A los costados, estiren! Atrás, estiren! Abajo, estiren– el subteniente Ramos se acercó a las caballerizas. Las tres yeguas alazanas del capitán Calvo pacían tranquilamente, espantaban las moscas con la cola y golpeaban el suelo con los cascos, como si se comunicaran en un misterioso lenguaje.

Y qué bonitas y lozanas estaban, con su pelo brillante y limpio por el cepillo y la almohaza. El color oscuro, de vino, que en los temblorosos ijares se aclaraba y doraba, le recordaba –por qué?– el cabello de Isabel, que detrás de la oreja tierna tenía un matiz semejante. Y qué ancas tan poderosas y firmes! Tan femeninas estas yeguas, con sus ojos vivos y alegres, húmedos que recordaban también los de Isabel, cuando él le tomaba la mano.

El oficial miró su reloj – 7-15 – y llamó al sargento. Pero al volverse se encontró con un soldado que, apoyado en la puerta de entrada del patio, contemplaba la instrucción, como pudiera hacerlo él.

— Oiga! Venga acá! Llamó.

El soldado pareció no oírlo y ni se movió siquiera.

— Sargento Arias!

El sargento estaba ya a su lado.

— Ah! No lo había visto…Qué hace ahí ese soldado mientras los demás están trabajando?

— Es un recluta, mi teniente. Como todavía no lo han dado de alta…

— Pero eso no importa. Ponga a un cabo a que lo instruya con los otros.

— Como ordene, mi teniente— y dio media vuelta para retirarse.

— Sargento, gritó el oficial, mándeme a ese soldado.

— Sí, mi teniente… Ruiz! Llamó el sargento, venga acá!

Fernando miró a todos lados y se dirigió lentamente hacia el suboficial.

— Muévase, muévase! Ordenó éste. Qué fue, no durmió anoche, añadió sonriendo.

— A sus órdenes, dijo Fernando, intentando ponerse en la posición que veía adoptar a los demás ante los superiores, pero sin conseguirlo, tan embarazado se encontraba dentro de esas ropas incómodas y extrañas.

— Quién te mando aquí? Preguntó el subteniente.

— Mi mamá… respondió Fernando, bajando la vista.

— Cómo? Preguntó de nuevo sorprendido.

— Mi mamá…. Repitió el muchacho.

— Fue el señor ministro— interrumpió Arias.

— Y por qué te mandaron? No sería por bueno.

Fernando no decía nada y no se atrevía a mirar el rostro de su interlocutor. Veía las puntas de los zapatos, que brillaban al sol y la contera del sable, un poquitín oxidada.

— Tienes miedo? Volvió a preguntar el oficial.

— Noooo, señor — balbució Fernando.

— No mi teniente, se dice, interrumpió el sargento.

— Pero, él qué va a saber?— dijo Ramos, volviéndose hacia él. Pueden retirarse, añadió dirigiéndose hacia el pasadizo.

— Como ordene, mi teniente. Cabo Gómez!— Llamó.

El cabo Gómez llegó corriendo y se cuadró ante el sargento.

— Hágase cargo de este soldado y llévelo con los otros reclutas, a ver si salimos de esa vaina y los podemos poner pronto con los otros.

— Sí, mi sargento. Camine, añadió volviéndose a Fernando.

Y ambos se dirigieron al primer patio.

La timidez y zozobra del día anterior no lograban disiparse todavía y vagaba por en medio de sus sombras vacilantes el sorprendido espíritu de Fernando, que se encontraba todavía en ese estado de ceguedad anterior que nos revela cada descubrimiento.

Todos los recuerdos del primer día –ese primer
día ya irrevocablemente pasado, perteneciente al
ayer, primer paso de lo que había de ser usual y
acostumbrado– permanecían en su memoria con la
objetividad correspondiente a hechos o cosas conocidas ahora y hasta ayer incógnitas, pero todos de
tal simplicidad reveladora y elocuente de lo que era
e iba a ser ese duro mundo de ahora, frío como el
paisaje de acero de las exactas bayonetas y como
ellas inflexible, recto, sin una sola curva u hondona-
da en que se albergara la dulzura o residiera el cari-
ño, que tanta falta venía haciéndole sin que él se
percatara de qué era lo que estaba ausente de él,
como si respirara un aire desprovisto de oxígeno o
como si el agua que bebía no tuviera calidad y peso
de agua.

Con todo el regimiento había recibido el rancho a
la hora del almuerzo, y sus manos torpes no acerta-
ban a manejar el tazón con el "cuchuco" y el plato
que contenía la ración de papas y carne, y el jarro
con agua de panela, y los cubiertos, de manera que
no pocas escaldaduras hubo de soportar al vertérsele
en las manos los líquidos hirvientes.

Después, en el comedor, ser blanco de todas las
miradas y motivo de todos los cuchicheos e ir, terminado el almuerzo, a lavar la loza para guardarla
en la alacena.

Toda la tarde la había pasado en un rincón del
último patio, cerca de la cuadra, viendo el ir y venir
de los soldados, sin verlo, de tal modo estaban entregadas todas sus potencias a esperar que pasara

algo que viniera a poner fin a esto que le parecía una pesadilla.

Pero se fue apagando el día, los soldados hicieron su instrucción de artillería con las piezas que le inspiraban ciertamente más curiosidad que temor, volvió a escuchar, desde su isla de soledad y de silencio la algarabía de la tropa en el reposo, y otra vez la corneta dio la señal para el rancho de la tarde.

A las ocho y media, como todos, se metió en la cama. La almohada le parecía dura y áspera, y sentía frío en la cabeza. La falta de sábanas le imponía un íntimo contacto con las burdas frazadas y la paja del jergón le hería las carnes.

Oyó el toque de silencio, largo y lamentable, que se le entraba hasta el alma y le ponía en la garganta un temblor de sollozo, y después el andar lento de la imaginaria, que recorría el dormitorio a largos pasos regulares, como un reloj vivo y eterno.

No podía ver, en medio de la penumbra de la lámpara de petróleo que reposaba sobre un armerillo, sino dos o tres cuerpos, dos o tres bultos vagos y oscuros. Lo demás se perdía en una sombra espesa y llena del murmullo de las respiraciones, de las palabras rotas pronunciadas en la mitad del sueño, de un lejano retintín del sable de algún oficial.

Un olor a hombre, feo olor indeciso, hecho de muchos olores —sudor, gases, paja de los jergones, tabaco, comida, semen— le llegaba a la nariz y a la boca y se las cubría como una mordaza asfixiante. Se revolvía entre la cama y ésta hacía traquear sus maderas, que tambaleaban al capricho de su insomnio o al del sueño de los otros soldados que dormían en los dos espacios inferiores.

A la verdad, no pensaba en nada concretamente. Recuerdos despedazados, pensamientos rotos, interrumpidos por las más inauditas memorias, hacían en su cerebro una endiablada confusión, un verdadero caos. Y esa inquietud se manifestaba en la de las manos, que de la cabeza afeitada, lisa, tibia, en cuya parte posterior latía impacientemente una vena, iban a colocarse bajo la mejilla febril o descendían sobre el pecho en que sorda e incesantemente golpeaba el corazón como en un tambor ronco y llegaban hasta el vientre, o en una casta caricia buscaban el pene laso y vital, su raíz y los fugitivos testículos, escondidos en el hueco de las piernas, por las cuales ascendían hasta llegar a las óseas, duras rodillas para de nuevo bajar, en un reconocimiento de su propia carne, que terminaba en los tobillos, en cuya melliza redondez se deleitaban durante un instante, hasta que sin que supiera cómo, se rompió el viaje paralelo por el desorden del sueño que llegó inesperadamente dejando la izquierda abierta sobre el pecho y la derecha entrecerrada sobre las tres primeras letras de la palabra Ejército de la inscripción que en negro cruzaba la manta roja.

Y a las cinco y media, como si todo el mundo, como si toda la vida llegara a sus oídos, se le entró hasta su más honda profundidad el grito imperioso de la corneta que tocaba diana.

Un ruido sordo de pasos y de voces precipitados, de órdenes, de gritos.

Y el agua pura, fresca, glacial, cayendo de las duchas sobre aquel rebullir de miembros blancos y oscuros.

Más de tres meses ya y cuántas cosas y como hacía tres meses Fernando sentado en la tercera grada de la escalera. Tres meses y hoy era 15 de noviembre, hoy cumplía catorce años. Unos pelos negros y gruesos, largos y distantes, le habían nacido en el mentón y en las mejillas. Sobre el labio superior había una sombra más oscura y apretada. Tres meses sin salir de allí, viendo el mismo patio, haciendo la misma gimnasia, comiendo los mismos fríjoles y durmiendo en la misma cama. Bostezó, pero no de tedio ni de fatiga, simplemente de hambre. Levantado a las 5 y media y con catorce años...

Y después del baño, el buen tazón de café caliente y la "changua" de sabor eclesiástico, familiar y el pan crujiente, todavía calentito, y saber que estaba en el cuartel, que sí, que no se engañaba y que era necesario sacar fuerzas de flaqueza aunque ésta por ahora le sacara al rostro más lágrimas tímidas que más parecían de rabia y desconsuelo.

La "posición fundamental" era lo que les enseñaba ahora el cabo Gómez a sus 8 reclutas. Ese cabo Gómez con sus vivos ojillos grises y el cabello rubio, mejor dicho kaki, del mismo color de su traje, cómo se desgañitaba explicando la "posición fundamental" y los giros...!

— Metan el culo! Saquen el pecho! Levanten la cabeza! Eso! Así!

Fernando miraba al sur, hacia el dormitorio de la 1ª batería. Una, dos, tres mochilas peludas; una, dos, tres marmitas brillantes... una, dos, tres carpas. Una, dos, tres columnas de piedra... y cuatro y cinco y seis columnas de piedra blanca y en cada intercolumnario dos, tres, cuatro, diez, quince, veinte barrotes y otros veinte y veinte mil y veinte millones y veinte millones doscientos veintidós mil doscientos veintidós y...
— A la izquierda! Tiempo un!

Y el mundo mostraba su cara oriental: la puerta de salida –libertad afuera y ruido y madres amorosas y dulces piernas de las mujeres y senos tibios y una, dos, tres, seis columnas de piedra y veinte, cuarenta, sesenta, ochenta barrotes y otros y otros y otros y el vértigo, cuando resonaba en el patio la clara voz del cabo Gómez:
— Media vuelta! Tiempo un!...dos! Pero no se caigan... parece que estuvieran borrachos. Cierre la boca!
— A la derecha! Tiempo un... dos!

La escalera con sus 34 escalones que en el decimosexto se abrían en dos ramas de uno, dos, tres, cuatro, cinco, seis, siete, ocho y nueve y nueve dieciocho y dieciséis, treinta y cuatro. Entonces todo en este mundo no era sino girar en torno de sí mismo, eje uno mismo de ese mundo, que no mostraba sino 26 columnas iguales y trece arcos exactos y veinte y veinte y veinte y veinte y veinte barrotes grises, que se fundían en uno solo y giraban como una tromba loca, como un cilindro, causando la borrachera de los cerviches giratorios a Fernando y a sus compañeros, que veían cómo se perdían el rojo de las puertas y el blanco de las columnas y el gris plomo de los barrotes y se fundían cilindros y rectángulos y semicírculos en una desenfrenada ronda informe e incolora –como el viento– que cegaba y apretaba la garganta o metía en ella unos largos, largos dedos gaseosos de náusea.

— Retir-rarse! Ordenó el cabo Gómez y como si no tuviesen fuerzas para moverse, apenas se pusieron a discreción y se quedaron ahí, inmóviles, esperando tal vez que llegara el momento de que aquella fuerza los abandonase.

— Caramba! Sí que se cansaron hoy… dijo irónicamente el cabo Gómez. Y dirigiéndose a Fernando agregó:

— Es que a estas horas sí es mucha el hambre, no es cierto?

— Sí, mi cabo, respondió el chico, que sólo ahora comprendía cuánta parte tenía el hambre en ese mareo.

— Pero si usted tiene plata, se puede mandar comprar unas "mogollas" a "El Casco".

— Plata? No, mi cabo, no tengo… yo de dónde?…

— Entonces, tome un cigarrillo y nos esperamos a las once y media porque qué se hace!

Se sentaron en las gradas de la escalera y el cabo preguntó a Fernando:

— Y a usted por qué lo trajeron?

— Pues… pues… –vaciló– porque no me quise estar en el colegio.

— Ah! Y que? No le gustaba el colegio.

— No.

— Pues esto es mucho peor. Aquí sí la vida es sumamente dura, pero al fin se acostumbra uno. Si no fuera porque los oficiales joden tanto...

— Atención! –gritó un soldado y todos se pusieron en pie. Un oficial bajito, cincuentón, rozagante, con lentes, se los quedó mirando un momento, saludó y dijo:

— Continúen.

— Ese es mi coronel, dijo el cabo a Fernando.

— Si? Y él qué tal es?

— El es el mejor de todos. No es como el capitán Calvo, que no ve la manera de tirárselo a uno.

— Y es cierto que el sargento Blanco es también muy sobado?

— Ese sí es la fiera! Pero ahora como que está mansito, porque el otro día mi capitán le echó sus vainas por pegarle a un soldado.

— Ah! Y eso está prohibido?

— Sí, pero a veces no hay más remedio porque son tan brutos!

Por ejemplo, este Rodríguez. Ah indio para ser animal! Ya hace más de tres meses que lo estoy enseñando y no sabe todavía los giros. Le ordeno a la derecha, y él, dale, a la izquierda; le mando a la izquierda y siempre al revés. Así se desespera uno. Pero a mí no me gusta pegarles porque a mí también me tocó aguantar bastante. Bueno, caminen! – ordenó levantándose. Vamos al otro patio, porque ya deben estar formando para la orden del día.

Como era domingo, se levantó el regimiento a las 6. Después de barrer y asear las letrinas –faenas a las que muy fácilmente se había habituado Fernando– fueron al dormitorio para hacer el espulgo semanal de las mantas. De verdad que era mucho más asqueante esta labor que la de barrer y baldear tanta porquería en las horribles letrinas abiertas, que ponían a la vista de todos el más íntimo y vergonzoso momento diario, porque si allí se exponía algo –y era mucho– de todas maneras parecía menos sucio todo que esa persecución de insectos por ·los campos grumosos de las cobijas criollas, que dejaban en las uñas de los pulgares sus rastros de sangre, sucia, sangre parasitaria, venida de quién sabe qué cuerpos infectos a través de esos pequeños organismos.

Qué primeros días de vergüenza! Qué días de temor, de sufrida resignación ante las burlas de que lo hacían víctima sus compañeros porque su juventud se lo mostraba a sus ojos de hombres curtidos, duros y burdos, con algo de femenino, que estaba lo mismo en la turbación de la mirada que en su ignorancia de groserías y obscenidades y en el lacio pene, cubierto aún por el prepucio de la niñez, que era motivo de todas las burlas a la hora del baño, cuando en medio de los torsos poderosos, de los brazos como raíces, de las piernas troncales, su blanco cuerpecillo no completamente definido todavía por la rudeza de los contornos masculinos, ponía una extraña mancha en el conjunto, mancha clara y alegre, ciertamente, pero de todos modos desentonada y exótica.

En aquellos días no se decidía a ir al excusado sino cuando había caído la noche y corría menos riesgos de ser visto en la posición incómoda y desagradable; mas después se fue acostumbrando sin saber cómo y llegó el día en que nada de eso tuvo para él la menor importancia, como no la tenía que le llamaran "virgo", "pendejo", o "señorita". Bien sabía que no lo era, porque el solo recuerdo de Enriqueta le ponía a burbujear la sangre y se la agolpaba "allá", sumiéndolo en un doloroso y agudo deseo ensombrecido, que sólo se quebraba y deshacía cuando el cuerpo se iba lentamente por la aterciopelada pendiente del sueño y el tallo enhiesto se doblaba sobre la carne fatigada, como un girasol que no halla sino sombras.

Los soldados antiguos se aprestaban para la salida: mientras cepillaban la guerrera y el pantalón azules y daban brillo a los botones y la hebilla del cinturón o lustraban los "tubos" y los zapatos, hacían planes sobre la manera de emplear el domingo.

— Hoy sí no me quedo sin tirarme a la Josefa, decía uno. Fue que el domingo me emborraché y cuando [me] acordé ya eran las 12 y cuarto... afortunadamente mi cabo Sicard no me anotó el atraso, o si no, hoy me habían quitado la salida.

— Yo sí había aprovechado, y aunque me hubiera atrasado media hora más no había tenido que aguantar las ganas toda la semana...

— Ustedes sí no piensan sino en las guarichas, no...?— preguntó el sargento Arias, que vigilaba la limpieza.

— No mi sargento... balbuceó uno de los soldados.

— Cómo que no! Y eso no tiene nada. Lo malo es que se vayan a la 32 y a la tercera, donde esas putas, que están todas podridas, y después vienen con su buena gonorrea.

— Sí, mi sargento, pero es que uno con qué plata va a donde esas elegantes...

— Y es que tampoco lo dejan entrar, interrumpió otro soldado, porque dicen que allá no dejan entrar sino a los oficiales.

— Bueno, y por qué no compran condones?

— Eso para qué! Como siempre se rompen...

Y todos rieron y continuaron cambiando parecidas razones o sinrazones, hasta que la corneta llamó para el almuerzo, pasado el cual se reunieron en el primer patio los que salían, ante el corro entristecido y envidioso de los reclutas que se quedaban en el cuartel y que habían confiado a sus afortunados compañeros las más diversas comisiones: que les compraran unos cigarrillos, que les llevaran una carta, que llevaran un recado a fulanita, y que ahora no harían sino esperar la llegada de los emisarios que habían salvado la guardia y habían podido alcanzar a ese mundo lejano y extraordinario que ahora les estaba vedado y en el que descubrían encantos de que antes jamás se percataron. Era verdad que algunos recibirían visitas, pero no era lo mismo, aunque los visitantes trajeran noticias y regalos.

Cuando comenzaron a llegar –campesinos casi todos, que mostraban en los ojos inquietos y en la turbación y desasosiego de sus ademanes, quebrados cuando apenas se esbozaban, su desadaptación al ambiente ciudadano, a todas esas formas incomprensibles que hacían la ciudad, formas inertes o móviles y vivas: edificios mudos y hombres que marchan por las calles secas, desnudas de árboles, con una luz ciega y hostil en la mirada y en la frente, ceñudos y fríos, tan diferentes de los hombres del campo, simples y abiertos de rostro y de propósitos como el aire peinador de trigales y patrón que ordena el zarpe de la nube que se amarró en la veleta de la iglesuca: tan distintos, con sus movimientos desembarazados y francos de esta gente negra y gris de la ciudad –cuando comenzaron a llegar al patio principal los visitantes, pasearon sus azoradas miradas por filos severos de bayonetas y fríos resplandores heterópsidos de cañones hasta posarse en el tibio conocimiento del rostro buscado, empezó Fernando a llenarse del convencimiento, de la certidumbre de su soledad, a descubrirla y buscarle dimensiones aunque supiese imposible su empeño –no estaba acaso al este o al oeste de la luna o al noroeste de cualquiera estrella, o al sur o al norte de él y de sí misma? Porque no era ya únicamente su soledad interior– poblada por sombras vagas, indistintas y distantes, siempre en el mismo estado de imprecisión y de germen, que no crecían ni se desarrollaban ni morían, sueños momificados en la profundidad del recuerdo, permanentes visiones, y de netas figuras, claras y tan cercanas, que casi, casi osaba tender los brazos para asirlas, tan grande y evidente parecíale su realidad –sino esta otra soledad más cercana, que le hería sin filos, le estrechaba sin urgencias; esta soledad, que había hasta ahora llenado su vacío con formas y volúmenes desconocidos, con extrañas masas humanas que sin embargo cuajaban una presencia con su calor y sus palabras: ahora ella crecía, como si rotas las otras soledades, que no habían permitido a la suya hacerse más clara y revelarse más abiertamente, pudiera dilatarse y crecer, abrirse en toda su amplitud, cobrar más insondable profundidad, más vasto, más indeterminable tiempo y poner mayores distancias entre límite y término.

Allí estaba la anciana, con su piel curtida y seca, que traía al hijo el mejor queso y una orillita de lágrimas en el párpado arrugado; y el hombrecillo cansado o el mocetón que ya había hecho el servicio, silenciosos y graves. Todos y todos mirándose las manos trabajadoras bajo cuya piel corrían los negros arroyos vitales, que difícilmente podían vivificar la árida y dolorosa arcilla viajando desde los más oscuros escondrijos hasta la meta del turbio corazón y de ella partiendo para hacerse voz y movimiento sujetos a la condición y puestos al servicio de esa misma corriente creadora y consumidora, red que les apresaba y les daba la libertad de la vida.

Y estaba también la mocita –novia o hermana– que traía al hermano todo el campo brillante en la frescura de su sonrisa de media boca tímida y de los dos ojos asombrados de verlo tan parecido a todos los demás, como si ya no fuera él, como si fuera cualquiera.

— Soldado Ruiz! Soldado Ruiz!— gritó el cabo de guardia.

Fernando no creyó que fuese él el llamado y permaneció en su sitio. Sería otro... porque, quién iba a visitarlo a él?

— Hola! No oye que lo llaman?— gritó el cabo avanzando hacia él algunos pasos.

— A mí? preguntó a su vez, sorprendido y regocijado.

— Sí, a usted. Ahí lo necesitan.

Y entonces pudo ver Fernando a Mata, que cerca de la puerta movía su cabeza buscándolo entre el tumulto de las visitas.

— A ver Mata, aquí estoy— dijo acercándosele.

— Buenas tardes sumerced, mi chinito –y se enterneció y le apretaba las manos con las suyas y le miraba a los ojos que a él se le velaban también al encontrarse ahora con todo lo de afuera. –Cómo está sumerced? Sí se amaña? Ay! No! Irlo a traer aquí mi señora...

No decía nada Fernando y dejaba que Mata continuara hablando. Sí se acordaba alguien de él y eso bastaba para darle tan grande alegría como la que ahora le llenaba.

— Aquí le traje a sumerced esta bobería— y le tendió un paquete. Sumerced perdone, pero lo que vale es la voluntad... Pobrecito! Y lo hacen trabajar mucho?

— No, si no es tan espantoso como se figuran— contestó maquinalmente como si temiera que al contar lo que era el cuartel fueran los de su casa a creer que no era capaz de soportarlo.

— Pero, es que sumerced es tan chiquito...
— Eso no importa—, dijo orgullosamente. Se hizo un largo silencio.

Ya comenzaban a irse los visitantes porque eran cerca de las dos de la tarde, hora que marcaba el final de las visitas.

— Y... — no pudo concluir la pregunta, porque Mata, como si no estuviere pensando en otra cosa, lo interrumpió:

— Mi señora? Ella está bien... Pero ella no sabe que yo vine a verlo a sumerced... Fue que me mandó a traerle unos vestidos que le hizo a mi señora Rosita y yo aproveché para echar una carrerita hasta aquí...

— Ah!

— Pero no sea bobito sumerced, no se preocupe, que yo vengo a verlo y le traigo sus cigarrillitos, oye?

— Sí Mata, muchas gracias. Y váyase porque si no, no alcanza al tren de las dos...

— Bueno, sumerced, adiós y que esté bien formal, para que no lo castiguen.

— Adiós.

Con su paquete se fue Fernando para el dormitorio. Sentado en la cama deshizo el envoltorio y se encontró con un hermoso pan "francés", de diez centavos, un pedazo de salchichón y una cajetilla de cigarrillos. Y al ver esto, no supo si por alegría de que alguien lo recordara, o por tristeza de saberse olvidado de alguien, se vertió el oscuro y confuso sentimiento en un largo y desahogado llanto que humedecía la tostada corteza crujiente del pan –llanto que le sabía a su infancia, con blandura y dureza de pan, también y a abandono y a seguridad de que sí, que estaba solo y de que acaso nunca había tenido compañía. Y el corazón, así tendido sobre la cama, le parecía más cercano, más suyo, con su amistoso golpear un tantico agitado ahora por el oleaje de los sollozos, como si fuese una desconocida persona que muy de lejos le enviaba el testimonio de su constancia y fidelidad.

Edelmira López está en el patio de su casa, con sus geranios encendidos, con sus rosas de la China, rosas de seda; con sus rosas de té, (tan) pálidas y a——ucas; con sus rosas "bola de nieve", presuntuosas, vestidas de novia para el enlace con el "pensamiento", galán tan chiquitín y petimetre que apenas les llega al tobillo y las cuida por debajo del vestido verde oscuro, el muy impertinente, con sus ojos de terciopelo; está Mira –porque así le han apodado el nombre– con sus "novios" y sus rosales, y sus geranios y sus "pensamientos" de flor y sus pensamientos de pensar, también puros y frescos como las más recientes, como las recién aparecidas flores de esta mañana.

El sol oblicuo de las 10 cae sobre el cabello de Mira. El cabello de Mira es de un lento cobre ondulado, de un cobre casi, casi verde, de un verde casi, casi, casi de oro; de un verde dorado que se hace oscuro o claro con la luz, de un color semejante al del corazón de las margaritas, sólo que un poquitín más oscuro.

Y deshoja Mira una margarita, haciendo tan linda estampa con su traje negro, sus mejillas de alborada y sus manos nebulosas y pausadas, que se la quedaría viendo uno hasta perder la razón, hasta fundirse y confundirse con ella y no ser sino el viento que le echa sobre la frente inmutable esa nubecilla dorada, o el pétalo blanco que cae de sus manos, como una pestaña del cielo, o el músculo que le lleva el labio hasta tan suave recodo de sonrisa. Porque Mira está ahora toda, toda, toda desnuda, sin saberlo –y acaso no haya quien lo sepa; desnuda y tranquila y serena; tan serena, tan tranquila y tan desnuda que ni sus mismos ojos lo saben, porque están ahora viviendo con la pregunta sin respuesta que guarda el corazón de la margarita.

Domingo era día de ir a misa, a misa de cinco. Misita de cinco para viejas beatas y niñas bonitas. Misita de cinco, bien envueltita en la mantilla, Qué encuentros de niebla! Qué sorpresas de luz! Qué adivinaciones de sombra! Y el largo túnel de la iglesia, el largo viaje de las oraciones para salir al re – re – re – re – re – la – la – la – la – la – la de las campanas, a encontrarse con que no había estado Dios ocioso en tanto que ella le rezaba y le tenía preparado este día, tan limpio y madrugador como sus ojos, que brillaban alegres y de uno a otro objeto iban como dos pajarillos descubridores del mundo, que apenas se asomaban a la tibia orilla del nido de los párpados.

Qué relucientes las hojas de los viejos árboles del jardinillo de las Nieves, con las últimas ramas escondidas todavía entre los últimos algodones de crema, como si fuesen de cristal y alguien los hubiera querido proteger de la furia del viento. Pero si hasta la estatua de Caldas parecía más limpia, menos manchada, y menos duro parecía el ceño del sabio que quién sabe qué teorema estaría despejando o qué astro buscando con los ojos para siempre fijos en el sitio que ocupaba ahora la cenefa de pensamientos, mingitorio obligado de todos los perros vagabundos.

Su desayuno bien calentito y después a trajinar por toda la casa, sin hacer ruido, para que papá no despierte. Arreglar su cuarto, ante todo: hacerse la cama, doblando cuidadosamente la camisa de dormir, de "dulce abrigo", tan tibia y tan sabedora de encantos, que si los fuera a contar no acabaría su revelación de blancuras y sombras, de sinclinales y anticlinales de fina carne y tersa epidermis, y de los tesoros ocultos de dos bosquecillos claroscuros, negridorados, aromados a verbenas que cubrían los hondos valles de las axilas cuando tenía bajos los brazos o apenas afelpaban la curva dulcísima de dos grandes dunas cuando los ponía en alto para arreglarse un mechón rebelde de la nuca.

... y el tercero, en el delta o mejor, en el estuario de los muslos y el vientre combado, bosquecillo de mangles, manglar que escondía y disimulaba el riquísimo ostión, el ostión sexual, baboso, entreabierto, con su perfume –y quién podía decirlo?– su gusto a marisco y a virginidad.

Tomar agua en el chorro, que toda la noche estuvo cayendo en la alberca para arrullar el sueño de la casa y llenar el botellón que apaga las sedes en las vigilias febriles; dar un toquecito al retrato de Gustavo con el paño de limpiar y otro al Sagrado Corazón, y echar a volar por la ventana –mensaje sin destinatario–, una hojita del calendario.

Después, a la despensa, para "sacar" el almuerzo; en la despensa, la criolla piel de las papas, la casta y sosa blancura del arroz –brillante el extranjero y opaco el de los Llanos– la roja carne fresca, vital, con su amarillo reborde de grasa, los pintados plátanos, los deshechos abalorios de fríjoles, la paralelipípeda panela mestiza, hija de la erguida caña coqueta y del tibio sol, alto y fidelísimo, tan exacto para el reposo, como que llega siempre a casa antes de toparse con la noche de los malos esposos, y tan cumplido para levantarse a hacer su diario trabajo de luz con las primeras del alba, que es el mismo y que reanuda su vieja amistad con los compañeros madrugadores de todos los días: gallos y beatas, cornetas y soldados y campanas.

Todo dispuesto y ordenado, puede ir Mira al jardín para buscar la mancha de la hoja seca y descubrir que durante la noche se enriqueció el rosal con dos nacimientos y que la doncellez de algunos botones comienza a su cáliz, violando la resistencia de los cuatro guardianes verdes para que pueda llegar hasta el fondo el anhelado amor distante y no se pase el día de vida en vano y no se extingan los rosales.

Es así como está ahora Mira, en medio de oro y rojo y blanco y verde y azul de las zulias, a las diez de la mañana del domingo.

Esta tarde va a venir Gustavo. Lo quiere Mira? Quién lo sabe? Sí, sí se lo ha preguntado, y el corazón tonto dice hoy que sí y mañana que no y luego que tal vez, como las margaritas, lo mismo que las margaritas, ignorante. Y dice que sí cuando le ve los ojos brillantes, un poquitín duros y fijos –al llegar– y dice que quién sabe, que tal vez, cuando los ojos –quién sabe por qué– cuando media la visita, comienzan a oscurecerse y a turbarse y rotundamente que no, cuando la boca, que sabe decir, es cierto, bonitas palabras, se entreabre y humedece un poco más para que pase un ardiente anhelar, que se va por las manos que desde el comienzo han aprisionado las suyas, tímidamente fugitivas y tímidamente entregadas –y las aprietan tan fuerte, que se ve obligada a retirarlas bruscamente. Pero debe de ser que los militares son así, rudos y muy fuertes, por su trato con los soldados.

Con todo lo cual se encuentra Mira al recordar que es domingo, de regreso de su sueño, y que a las cinco debe venir Gustavo.

Después del almuerzo –el almuerzo de todos los días, con los mismos platos y las eternas conversaciones baladíes– fue Mira a la sala para ver si algo faltaba. Un inconsciente sentido del orden gobernaba su vida y acaso no arraigaba tal forma de su carácter en nada diferente del gusto que le daba saber que todo estaba acomodado dentro de cierta armonía elemental muy semejante a la belleza.

Las pesadas cortinas que caían sobre las dos ventanas reposaban en dos asas metódicas para que no fuera la penumbra rojiza a transformarse en densa oscuridad. Los muebles, viejos y anodinos, forrados con terciopelo carmesí, severos y dignos salieron de sus fundas de lienzo blanco, que les daban un aspecto de sorprendidos e inofensivos fantasmas.

El retrato de su papá y el de su mamá, con ese aspecto sorprendido y distante de los primeros retratos y el cuadro que mostraba un rebaño de ovejas abrevándose en un riachuelo bajo unas altas encinas –"Un ruisseau en Normandie"–, todo estaba en orden, todo estaba en su sitio, como hacía muchos años, limpio y opaco por el tiempo. No sabía Mira por qué le agradaba tanto contemplar el cuadro del riachuelo. Tal vez porque fue el primero que en su vida tuvo ante sus ojos y tantas veces lo había mirado largamente, le parecía que algo de su personalidad se escondía entre los troncos rugosos.

Algún día, en Normandía –Normandía estaba en Francia, y era tierra de hermosas vacas y de lozanas manzanas con que fabricaban cidra– algún día ella vería su riachuelo vivo, con sus aguas que no sabrían murmurar sino una palabra disílaba, que se rompería entre las guijas e iría a perderse entre el verdinegro follaje de "sus" encinas: Mi – ra...

Y al balar, "sus" ovejas dirían la misma palabra, y el viento al meterse por las ramas, y todo "su" paisaje sería de ella, o ella sería la pastorcita que faltaba en el cuadro para cantar alegres canciones mientras bebía su rebaño:

Lana de ovejitas
Para la cama
Lana de ovejitas
Para la almohada
Lana, lana, lana,
De la espuma blanca,
Lana, lana, lana,
Lanita del agua…

Pero a quién cantaría ella la canción de la lana y la del agua y la de la bellota? A las ovejitas? No, porque no irían a entenderla, tampoco al riachuelo, que seguiría su camino apenas volviéndose en el recodo para mirarla un instante con todo su cuerpo de espejo.

No, tenía que ser a un niñito… Pero cómo tener el niñito que se durmiera con sus canciones si no era casándose?

Este pensamiento del matrimonio la devolvió a la realidad. Casarse… pero es que alguna vez había pensado seriamente en casarse? Tal vez nunca… En el colegio, prefería corretear y jugar con las más pequeñas de sus condiscípulas a formar parte de los grupos en que las señoritas que ya se creían tales –las que una mañana se encontraran con que un doble sol se levantaba en su pecho burlando la prisión de la camisa– hablaban de matrimonios y de novios. Sí, le atraían los hombres, pero era una atracción oscura, que se le antojaba llena de peligros y le ponía en el espíritu un temor infantil y un desasosiego medroso cuando estaba cerca de ellos, y les adivinaba con toda su carne ese turbio deseo que les dilataba los ojos y les entrecortaba la respiración.

Un niño, sí, un niño, pero sin necesidad de casarse... Por qué no serían verdades las fábulas de la cigüeña y de la fábrica que en París satisfacía todos los pedidos del mundo?

Sí los días que más profundamente detestaba eran los tres o cuatro mensuales de su costumbre –esa vergüenza consigo misma, ese cuidado minucioso para que nada delatara su estado, lo que la hacía soportar dolores en la cabeza y en el vientre y esconder y lavar sus paños íntimos y sentir en la nariz el olorcillo insistente y agudo de su cuerpo y valerse de mil tretas y artimañas para que nadie lo adivinara... – "fish market", decía su amiguita Jenny, la coquetuela preguntona–, si todo eso, que no tenía nada que ver con nadie que no fuera ella misma, era tan difícil y doloroso, cómo permitir que un hombre, un ser distinto de ella, ajeno completamente a su vida, entrara un buen día de lleno en lo más recóndito, en lo más secreto y se apoderara –acaso sin darse cuenta– de lo que tanto tiempo fue vedado y estuvo cerrado y escondido a otros ojos que no fueran los suyos? Entonces, el amor podía colmar todos esos abismos, hacer olvidar todas las timideces y pudores para entregarse de manera absoluta, total, a otro ser, en la más completa desnudez del cuerpo y del espíritu?

Sí era así, no podía llamarse amor el sentimiento que la ligaba a Gustavo, porque lo oscurecían temores y reservas veladas o francamente reveladas en sus esquivos silencios, en el fastidio que le causaban los rudos apretones de sus manos de soldado y las miradas devoradoras de sus ojos ansiosos. No, no podía ser ese el amor... Mejor o peor? Quién sabe? De todas maneras era así y podía esperar a que llegara el día del amor verdadero si era que llegaba. Por ahora, ya vería esta tarde cuando llegara Gustavo. Intentaría estar más cerca de él y convencerse de si eran todos estos pensamientos una realidad insobornable o simples alucinaciones y fantasías. "Ideas", como decía su mamá, que se alarmaba y sorprendía al verla en las fiestas indiferente y retraída, buscando el trato de personas mayores y rehuyendo el de mozuelas alborotadoras y obsequiosos galanes.

— Tú te vas a quedar para vestir santos... sentenciaba la señora.

— Ésta, para monja... proclamaba su padre.

Y fueron todas estas advertencias las que la llevaron a aceptar los requerimientos de Gustavo, con la misma indiferencia con que hubiese puesto oídos a los de otro cualquiera.

Tardes de jueves y de domingos, eran largo y fatigoso camino para Mira. Más que deleite en mimos y arrumacos recibidos con despego, indiferencia o temeroso disgusto encontraba una oscura hostilidad en su fondo, que cada día tomaba cuerpo y echaba raíces finas y complicadas semejantes a las del hijo en el interior de los cuernos o a esas urdimbres sin rumbo que no sea el capricho, de las enredaderas y las trepadoras.

¿Por qué su flaca voluntad no se quebraba definitivamente en la sumisión al destino, en una tácita entrega resignada, preferible a esta flexibilidad de la duda, a este tremedal de la vacilación? No se encontraba en tan grandes titubeos, en tan constantes desequilibrios de la decisión con un fuerte piso en el que poder afirmarse para salvar su espíritu de este naufragio bobo, en mar de lento y grueso aceite, sin choque alguno, sin cruseo oleaje, sin tempestad que no fuese una invisible y regular tempestad bisemanal de los jueves y los domingos.

Unos frescos claveles rojos iluminaron con su viva alegría la penumbra de la sala; sobre el piano, en los dos grandes jarrones, abrían su grueso papel amarillento los cartuchos. Todo estaba dispuesto para "las once": la mesilla con su mantelito calado por ella misma, el servicio de té, los emparedados y los bizcochos. Esa mesilla era el centro del jueves y la mitad del domingo. Si no fuese por la hora que se llevaba el té y la conversación, en que doña Sofía tomaba la parte más activa, no encontrara Mira la manera de hacer aceptable esa conversación quebrada, sin asiento, que se veía obligada a sostener con Gustavo. La rudeza de éste, su incapacidad para profundizar en temas de alguna importancia, lo llevaban de continuo a lo más inmediato y objetivo. Su vida en el cuartel, los ejercicios en el terreno, los chismes de los oficiales. Y, luego, la afirmación y confirmación de su amor, "eterno" siempre y "cada día más grande", frases éstas que le parecían a Mira tan de polvo y cenizas. Cómo hubiese preferido algo que sugiriera la verdad de un sentimiento profundo y no traicionara el burdo anhelo que vertebra todo amor en ciertas frases de su aliento. Pero nada nuevo, nada que despertara su dormida sensibilidad amorosa, que descubriera el continente desconocido de su espíritu y le hiciera vivir una vida de mujer de verdad, no esa vida blanca y vacía, sin deseos, sin crisis de ansia furiosa, vida pura, de aire, de cristal irrompible e inviolable.

Cuando llamó Gustavo a la puerta de la casa de Mira, eran las cuatro de la tarde. Desde la sala escuchó el retintín de los espolines y su paso pesado y hondo, de hombre fuerte y alto. Ahora, al entrar, lo veía hermoso, pero con una hermosura demasiado distante, demasiado pegada a la tierra, que no lograba dulcificar ni suavizar la ingenua sonrisa de muchachote sano.

— Hola!, chinita... –qué rabia le daba que la llamara chinita– y le tomó las dos manos entre las suyas grandes, frescas, un poquitín húmedas.

— ... me has pensado? –preguntó buscando sus ojos, que estaban a la altura de su boca.

— Sí, y tú?, respondió, deshaciéndose.

— Yo? Como siempre, no hago nada más que pensarte. Y tu mamá, bien?

— Bien todos, gracias, ven, siéntate.

Toda esa mecánica invariable y exacta de las frases hechas, que naturalmente van saliendo de las bocas, sin que nos percatemos siquiera, como si no fuésemos nosotros quienes hablamos sino la propia costumbre, ponían nerviosa y malhumorada a Mira.

Doña Sofía salvó con su presencia ese difícil obstáculo que la momentánea frialdad creaba entre los novios.

Ese áspero y grueso lenguaje de Gustavo, su lenguaje limpio y brusco, rompía por manera naturalísima la tibia y discreta armonía del ambiente, en que los tonos opacos y penumbrosos de los muebles y las cortinas, el recogimiento de las frases limpias y la paz dominical se conjugaban para hacer algo como una espesa nata de paz y sosiego, rota a cada momento por los guijarros mal pulidos de sus frases, que tenían siempre un acento imperativo, y de sus sonoras carcajadas de hombre acostumbrado a reír en el campo, en el patio del cuartel, en grandes espacios abiertos.

El té con su cortejo de bizcochos y golosinas, sobre las servilletas de "soles de Maracaibo" –quién recuerda ahora las labores de nuestras madres y nuestras hermanas?– puso sus tres manchas doradas, de fuego, sobre la mesilla.

A Gustavo no le gustaba esta bebida, pero bien merecía Mira este pequeño sacrificio.

El dulce, el agua limpia y fría y quieta, como la vida misma de ella, y doña Sofía que salió discretamente.

Durante la pausa que se hizo, crujieron los zapatos de Gustavo, se levantaron del suelo los ojos de Mira hasta llegar a posarse en la estrellita que refulgía en su presilla izquierda y llegó desde el fondo de la casa un apagado rumor de voces.

— Y... bueno...— comenzó Gustavo.

— Qué dices?

— Pues... que qué has resuelto...

— De qué?

— De nuestro matrimonio— concluyó rápidamente, queriendo desembarazarse de una vez de la difícil pregunta.

— Ah!— pero este ah!, era como dicho para sí misma, como si fuese la conclusión o prosecución de un diálogo íntimo muchas veces interrumpido.

— No dices nada?— insistió Gustavo, acercándose más.

— Pero, es que no me quieres?

— No... si es que no he pensado en eso, respondió, intentando evadirse de la red que ahora se tendía sobre ella más precisamente.

— No has pensado en eso? Y entonces, en qué has pensado.

— Que en qué he pensado?— y no pudo reprimir la risa que le llenaba la garganta como una gran corriente alegre. Que en qué he pensado... en tantas cosas... Pero es que tú no piensas sino en casarte?

— Yo? Claro! Porque te quiero.

— Bueno, pero no es necesario que nos apresuremos tanto. Deja que lo piense un poco más. Ya te diré...

— Y hasta cuándo vas a hacerme esperar? Tú crees que es muy cómodo eso de pasarse uno el tiempo pensando y pensando en una cosa que no sabe cuándo ha de llegar? Es que no te gusto? Es que no me quieres?

— No, no, si no es eso...— le interrumpió secamente. Es que no sabes hablarme de otra cosa.

— Y entonces, de qué te hablo?— y le parecía que al cegársele ese camino de la conversación quedaba encerrado entre cuatro muros grises, sin ninguna luz ni perspectiva alguna.

— Pues cuéntame de tu vida...

— Eso no tiene interés para ti. Esa vida del cuartel es siempre la misma, no pasa nada.

— Entonces, te aburres?

— Algo, pero por qué no me dices cuándo?

— Otra vez a lo mismo... Pero no has entendido que todavía no he resuelto nada?

— Ah! Sí? Lo que pasa es que tú no me quieres. Debe de ser que has conocido a otro, no? –y se acercó hasta tocarla casi con su rostro encendido por la cólera.

— No, no seas tonto! Déjame...— y se quiso retirar al extremo del sofá cuando sobre su cuerpo cayeron como dos gruesos troncos blandos, los brazos de él y en su boca se hizo una ancha brasa tibia de saliva y de presión que se prolongaba en las dos que se le hundían en la espalda.

Toda su debilidad se apagaba, se consumía en tan grande y desconocida fortaleza. Sus movimientos defensivos apenas alcanzaron a esbozarse tímidamente y se agazaparon en el fondo de su temor, impotentes, como animalillos asustados hasta que él quiso dejarla.

Buscó el pañuelo en la manga del traje, se lo pasó por los labios con rabia, quiso escupir con asco, con un asco que le quebraba la dulce simplicidad de la boca, pero no pudo hacerlo y le echó a los ojos una dura, una fría mirada en que se mezclaban el des-

precio y la ira, como en su paladar se reunían ahora
los sabores de sus salivas.
— Qué, te has disgustado?
Ni podía mirarlo ahora. Ni quería mirarlo nunca más
después de esa última mirada, que de veras debía
ser la última. Su primer beso. Ah! Entonces todo no
era sino eso?
— Oye, chinita, pero te has puesto brava?— repetía
él mimoso.
— Por qué no me contestas? Ah! No te lo decía? No
me quieres… quieres que me vaya? Si…? Si…?
Entre sus manos daba vueltas al pañuelito y sentía
que le llegaban a los ojos unos ardores de llanto tan
calientes, como de sangre, como de ira, como de no
sabía qué… Sí, que se fuera… Pero no iba a decírse-
lo. Ni una palabra, ni un gesto que irían a estrellarse
en esa cosa grande oscura y pesada que era él como
plumas, como espumas, como viento.
Se levantó de un salto. Apenas podía verle ahora
Mira las puntas de los zapatos, pero lo sabía tan
alto, tan alto sobre ella, tan fuerte, y se sabía ella tan
chiquita y débil. Débil: no, porque ella también, a
su manera, era grande, alta, fuerte.
— No me dices nada, no?
Otra vez el silencio. Un silencio más grande ahora
entre esta oscuridad casi completa de la hora muy
vecina a las seis de la tarde, cuando aún no ha despertado en las bombillas la noche acostumbrada.
Qué hacer ante esa obstinación? Si le venían deseos de golpearla, de sacarle las palabras de las entrañas, de donde estuvieran.

— No?— repitió con voz sorda.

Esperó un instante, y con las manos apretadas, firme el paso, se dirigió a la puerta.

A medida que se alejaba, se hacía la tranquilidad en el pecho de Mira, y libres de los diques que en los párpados formaban la ira y el orgullo, corrieron sobre las mejillas pálidas los ligeros arroyos del descanso espiritual y cristalino y salado de sus lágrimas.

Oyó el golpe de la puerta y al cabo de mucho tiempo, mucho, de silencio, de niebla, de ausencia, los pasos de su madre.

Los soldados que, o por ser reclutas o por haber sido castigados con la privación de licencia, no habían salido, se fueron después del almuerzo para el tercer patio. Un grupo se dirigió a los herriles que estaban sobre las caballerizas, y de él formaban parte Fernando Ruiz y Antonio Rodríguez. Los demás se dedicaron a limpiar las carabinas, a hacer ejercicios gimnásticos informales en los cables, la barra, y la escalera, o a conversar tendidos en el suelo o sentados en [el] banco de ladrillos que rodeaban los muros de dos lados del patio.

Hasta el herril llegaban las voces de los hombres que estaban en el patio y unos confusos y mezclados olores de cuadra, de letrinas y de polvo de la paja seca.

Tan muelle, tan dulce la paja para los cuerpos fatigados por el trabajo de toda la semana! Cómo podía hundirse uno hasta desaparecer entre esa cálida y seca paja, que todavía guardaba un vago y remoto aroma campesino. Se creía por un momento que no había sino abrir los ojos y el campo ancho y abierto estaría ahí, a nuestro lado rodeándonos con su sencillez y su simplicidad.

— Hola, Antonio, dijo uno de los soldados, Sánchez, anda y trae el tiple y nos tocas algo.

— Si, tócanos algo, dijeron varias voces zumbonas –aunque sea el tiple…– y rieron alegremente.

— Es que como mi cabo Gómez está de suboficial de administración seguro que no me deja.

— Cómo no te va a dejar… si a él también le gusta. Anda, no seas pendejo. Yo te doy del salchichón que me trajeron y aquí repartimos todos el comiso, no Fernando? –insistió Sánchez.

— Pues claro!, hombre. Así nos divertimos un rato.

— Bueno, entonces será ir, resolvió Antonio, y salió.

— Ahora cuando llegue, dijo Sánchez a Fernando, dile que toque aquello del "árbol siniestro" que es tan "chusco". A ti sí te hace caso. Como vos no lo jodes…

— Y yo por qué voy a molestarlo? Bastante tiene con el zuncho que le echa ese hediondo del sargento Barrios para que todos no hagan más que sobarlo.

— Pero si es que es tan bruto…

— Y él, qué culpa tiene? Y todos no somos brutos para estas vainas? El otro día, tú que te las das tanto de inteligente y de guapo no tuviste que hacer más de doce veces el "salto del pescado" que nos mostró mi teniente Ramos?

— Sí, pero es que estos indios no saben ni cuál es la mano derecha…

— Qué indios ni qué carajos! Como si todos no fuéramos lo mismo –interrumpió Uribe– como si no
fuéramos iguales de hombres y de soldados. Es que
ustedes los "antiguos" no hacen sino jodernos a
nosotros los reclutas.

— Vos qué recluta, si vos sos un "regalado" como
éste — y señalaba a Fernando.

— Regalado yo?— saltó éste. Regalado porque me
trajeron a la fuerza porque no quise estarme en el
colegio?

— Ahora no nos vengas con historias y dejémonos
de estas vainas, que de todos modos estamos igualmente jodidos en este cuartel de mierda.

Otra vez se hizo el silencio y en la mitad de él cada
uno de los hombres tendidos y soñolientos, rumiaba
ilusiones y recuerdos. O no pensaba en nada, como
Fernando, que caía ahora por las simas de terciopelo
de un sopor dulcísimo que nada turbaba, como si
hubiese llegado por extraordinario milagro a no ocu-
parse ni preocuparse de nada ni por nadie. Los ejercicios físicos que le despertaban tanto músculo hasta
ahora inactivo, el avivarse de sus funciones orgánicas
en ese período de tránsito de la infancia a la adoles-
cencia, la vida regular y ordenada, la comida sana y
suficiente y finalmente la costumbre tan efectiva e
imperativa sobre todo en gentes de corta edad, vacías de prejuicios y vírgenes de usos y maneras deter-
minadas, daban a su existir de ahora este ritmo
pausado, esta armonía que sólo quebraba en ocasiones el estallido de su insatisfecho deseo de mujer, de
hembra para sus noches desiertas de volumen carnal

y pobladas de todas aquellas figuras de fiebre, de
todos aquellos miembros que el ansia perfeccionaba
y que sólo se apagaba cuando del limo del sueño –
como en los terrenos azufrados– brotaba la fuente
del goce a la manera de un alto y blanco geysser.

No era el mismo el problema de los demás, amol-
dados a tan diferentes maneras de vivir. Antonio Rodríguez, por ejemplo, con su simplícisimo espíritu
de campesino analfabeto transportado a un mundo
por completo desconocido en el que no encontraba
ningún parecido, ni una sola semejanza con lo que
había en el suyo, de tan reducidas dimensiones.
Fusiles, ejército, carabinas, cañones, jerarquías, qué
era todo eso tan incomprensible y extraño?

De esta manera, si Fernando dejaba que la vida
siguiera ese curso simple y lento que ahora llevaba,
porque en realidad no había grandes choques ni
excesivas molestias –si no había sido la del esfuerzo
físico, un tanto desmedido para su cuerpo, pero al
cual se había acomodado ya casi del todo–, Antonio
se encerraba en un hosco mutismo de impotencia y
de indefensión rebeldes que involuntaria e inconscientemente lo impulsaban o a desobedecer o a eje-
cutar mal las órdenes que recibía.

— Bueno, aquí estoy, dijo entrando con el tiple,
que lucía un gran moño de cinta tricolor.

— Eso es! Viva la fiesta, gritaron los más entusiastas.
Mal haya unas guarichas para mover un rato el es-
queleto!

Antonio comenzó a templar el instrumento ante la
anhelante expectativa de todos.

— Y qué quieren que les cante ahora?— preguntó después de rasgarlo y encontrar que estaba a punto.

— Lo de Juanita! Lo de Juanita!— gritaron algunos.

— No, eso no! si ya lo hemos oído mucho— protestaron otros.

— Sí, pero eso es muy "chusco". Dale y no les hagas caso a esos pendejos— concluyó Sánchez.

— Bueno, entonces, ahí va. Y comenzó a tocar el acompañamiento de la canción que decía:

Juanita, la de mi tierra,
Tuvo amores con Ernesto,
Y fueron esos amores,
Platónicos, por supuesto…

— Bravo! Gritaron varias voces.

— Chito!, ordenaron otras mientras el cantor hacía una pausa y sonreía con satisfacción por el éxito obtenido.

En una inmensa llanura
Y bajo un árbol siniestro
Hicieron muchas cositas
Platónicas, por supuesto…

— Eso sí es cantar— volvió a gritar Sánchez, que era el más atento y entusiasmado.

— Cállate, que no dejas oír— lo amonestó Uribe.

— Bueno, pero ah carajo! Ya no puedo yo decir ni una palabra, porque todo el mundo me cae encima.

— Chit! Chit! dejen que siga! Ah! vergajos garleros!— interrumpió el cabo Gómez, que apareció en el umbral con su eterna sonrisa de cobre y con su llavero de suboficial de administración.

Todos quisieron levantarse pero él les hizo señal de que continuaran como estaban y, dirigiéndose a Antonio, le dijo afectuosamente:

— En esto sí no hay quién te gane, pero lo que es para subir cables sí eres una papa...

— Sí, mi cabo, respondió Antonio entre las carcajadas de los demás.

— Ahora, presta acá y yo te acompaño.

Se acercó al grupo, tomó el tiple y comenzó a tocar con verdadero primor. Antonio, un tanto turbado y en voz más baja, continuó la canción:

> Y al cabo de nueve meses
> De haber sucedido esto,
> Juanita tuvo mellizos,
> platónicos, por supuesto...

La presencia del cabo los cohibía para expresar su entusiasmo turbulento y así, guardaron silencio hasta el final:

> Y el padre, que muy estaba
> Enterado del suceso,
> A Juanita dio una "muenda",
> Platónica, por supuesto...
> Qué sería la vida de Juana,
> La que vivía en la montaña?
> Si habrá habido quién le cargue
> En sus angarillas caña?

Los acordes finales se apagaron entre el estrépito de los aplausos y las voces.

— Viva mi cabo!— gritó Sánchez.

— Viva!— respondieron todos en coro.

— Cállense, no jodan, que hoy está de servicio mi

capitán Calvo y nos jode a todos si nos oye –ordenó el cabo.

— Mi cabo, preguntó Uribe, qué es "platónico"?

— Platónico, pues… pues es cuando uno quiere a una muchacha, pero con buena intención…

— Ah! Cuando no quiere perjudicarla…

— Cuando no quiere tirársela, interrumpió Sánchez, entonces para qué la quiere? Esas son pendejadas…

— Sí, qué carajo! Entonces para qué son las mujeres? –dijo otro.

— Bueno, bueno, qué otra sabes— preguntó el Cabo a Antonio.

— Pues otras, mi cabo…

— Pero, cuál?

— La del "gusano cabezón"— respondió tímidamente.

— Entonces, vamos!

Ahora era una musiquilla más lenta y melosa la que salía del alma de las cuerdas y un relato a manera de galerón o romance el que cantaba la voz llena y clara del mozo, que debía de recordar con cada palabra las tardes dominicales del pueblo, cuando todo se oscurecía a la vez: el mundo por la noche y los cerebros por los vapores de la chicha que borbotaba en los grandes barriles ventrudos delante del cuerpo, como un barril ventrudo, de la ventera, rolliza y sonrosada y tetona–; si estuviera aquí la ventera!…

> Yendo pa Cundinamarca,
> Cerca de onde nace el sol,
> Me encontré con dos mocitas

TITLE: La cuarta batería : gentes en men
BARCODE: 31117012206210
DUE DATE: 01-02-13

TITLE: Man's search for meaning
BARCODE: 31117015506418
DUE DATE: 01-02-13

TITLE: Y de repente, un ángel
BARCODE: 31117014677293
DUE DATE: 01-02-13

Más hermosas que una flor.
Le dije a la chiquitica
Que si quería ser mi amor,
Contestó la grandecita
Que con ella era mejor.
Me cogieron de la mano,
Me llevaron al mesón:
De mesita me pusieron
Dos gallinas y un capón:
El capón, para las niñas;
Las gallinas pa' l señor.
De camita me tendieron
Tres sábanas y un colchón:
El colchón, para las niñas
Las sábanas, pa' l señor,
Una se acostó a l'orilla,
L'otra se acostó al rincón.
Y a mí me echaron en medio
Como un tercio de algodón
A l'una le eché quinientos...
A l'otra, le eché un millón...
Y la pobre viejecita
Pidiéndole a San Ramón,
Favoreciera a sus hijas
Del gusano cabezón.
Si la vieja se descuida,
También chupa su hurgón.

— Qué bueno! Bravo!— volvieron a gritar todos,
con los ojos congestionados por el deseo.
— Esas vainas no las debían cantar cuando está uno
aquí encerrado sin poder salir— murmuró Sánchez.

— Y entonces qué quiere que cantemos, salves?—preguntó el cabo Gómez.

— No, mi cabo, pero es que como usted sí sale esta noche.

— Sí? y qué?

— Pues que… que nada…

— Ah! Ya creía que ibas a decir una buena bestialidad…

— No, mi cabo, yo no iba a decir nada, pero es que uno a veces piensa que es una injusticia que por una pendejada lo dejen tres domingos sin permiso.

— Sí, bonita pendejada la de romperle la cabeza al pobre Ramírez, no?

— Pero mi cabo, y eso sí, él para qué fue a decirme hijo de puta? Yo no le estaba haciendo nada…

— No vengas ahora con historias. Fue que tú perdiste el yatagán y le quitaste el de él. Pero no te acordaste de que están numerados y registrados. Esa es toda la vaina.

— Y a mí quién me robó el mío? Insistió Sánchez.

— Yo qué demonios sé. Pero, bueno, no sigamos discutiendo. Vamos, que ya va a ser hora del rancho. Vamos, vamos, no se hagan los pendejos!

Cuando Mata salió del cuartel, no pudo por más tiempo contener el llanto. Y así se fue, gimoteando, a todo lo largo de la carrera 8a. para tomar la calle 13 y llegar a la estación en donde debía tomar el tren.

No, no era justo…! Pobrecito el niño, allá entre todos esos hombres…! Hasta a pegarle llegarían… mi señora sí tenía unas cosas… Pero, también qué hacía la pobrecita? Con lo duro que le había tocado… Es que esta vida, ¡válgame Dios! El pobre de don Fernandito, tan parecido al señor Ruiz, tan bueno, tan buen mozo, tan sin pretensiones... y haberlo metido mi señora al cuartel... qué cosas las de este mundo, ¡Ave María Purísima! Si el señor viviera no estaría pasando nada de esto: no estaría trabajando mi señora, no vivirían en Fontibón y el niño no estaría allá con todos esos soldados... Si de pronto parecía que todas estas eran cosas del Patas –¡Jesús me ampare y me favorezca!–, porque estaba tan cerca toda aquella otra vida de holgura, de tranquilidad, de felicidad... Le parecía estar viendo a mi señora el día de su matrimonio, con ese vestido blanco, tan lindo con su larga cola... Y cómo se veía de bonita con ese color aperlado de su piel y esos ojazos tan grandes y ese pelo tan negro... Si parecía la misma Virgen Santísima de las Mercedes... Y el señor, con esos bigotes castaños y esa frente tan limpia y tan alta, con su levita tan elegante... y qué casa más bonita, llena de espejos y de cuadros le había puesto a mi señora...

Ella había ayudado a arreglarlo todo y había sido ella quien los había recibido cuando llegaron después de la boda... Y después cuando llegaron todos los niños, siempre fue ella quien antes que nadie los tuvo entre sus brazos... Y ahora... cómo había cambiado todo. Los unos, en el colegio, el otro, en el cuartel, y mi señora trabajando, y el señor, en el cielo. Porque, eso sí, el señor tenía que haberse ido derechito al cielo, con lo bueno que era...

En todos estos pensamientos tenía ocupada Mata la mente mientras se encaminaba a la estación. No podía caber en su reducidísimo cerebro ni en su grandísimo corazón la idea de que había justicia en tener al niño encerrado en el cuartel. Era como si se atentara contra algo suyo, como si la vida en común durante muchos años con toda la familia, le diese derechos sobre todos y cada uno de sus miembros. Pero lo más sorprendente en esta clase de gentes, es la supervivencia del sentido de clase -de clase oprimida y resignada a la opresión— que en Mata se revelaba en la sensación de injusticia que le causaba el encierro de Fernando en el cuartel, sólo por el hecho de ser Fernando y nada más. Que los otros estuvieran allí era lo más natural, pero don Fernandito, un niño "decente", cómo iba a ser posible? Y sin embargo, no se olvidaba ella de esas diferencias hasta querer confundirse con mi señora juzgando sus decisiones y pretendiendo muchas veces imponer sus puntos de vista?

Doña Berta no estaba en casa cuando llegó Mata; Enriqueta fregaba la loza en el vertedero y cantaba a voz en cuello:

Ven a mi pobre cabaña,
Que te llora y extraña
Cuando faltas de allí...!
Ven, que te espera la hamaca
Y las flores de albahaca
No perfuman sin ti...

— Caramba con su alharaca...— refunfuñó Mata. — Si parece una cazadora... Dónde está mi señora?
— No sé, misiá Matilde. Salió después del almuerzo. Tal vez se iría para donde las señoritas Campos—.

Hizo una pausa y continuó —Bueno, y no almuerza? Ahí está todo caliente… debe de estar muerta de la debilidad…

— No, más bien, hágame un cacaíto…

— Bueno, entonces preste la llave para sacar la pastilla…

— Tome, y le entregó la llave, que con otras llevaba en el seno.

Salió Enriqueta con su paso firme y alegre, joven, y volvió a entrar. Tomó la olleta, que colgaba de un clavo por el asa; midió una jícara de agua, vacióla en el recipiente y lo puso al fuego. Sentóse en una banquita, los codos en las rodillas y las manos en el rostro y preguntó:

— Bueno, y cómo le fue?

— Bien…

— Y por Bogotá, qué hay de nuevo?

— Qué va a haber? Lo mismo…

— Y fue…

— A dónde?

— Ahora hágase la boba… pues a ver al niño…

— Yo qué niño ni qué pan caliente… usted sí es más metida y más preguntona… échele la pastilla a esa agua, niña! No se fija en lo que hace…

— Cómo que no…! Si ya se la eché… con que no… usted sí que me cree boba, no misiá Matilde…

— Pues claro que es boba… ponerse a pensar en esas cosas… –y levantándose– voy a guardar el pañolón, porque se me llena de ceniza…

Con los ojos fijos en la puerta por donde había salido Mata, se quedó absorta Enriqueta, pensando

en el niño. Siempre pensaba en él, con el mismo
ardor y el mismo gusto, siempre… Pero nunca como
a las once del día, cuando la luz, el tiempo, le recordaban aquel domingo, y de noche, cuando se levantaba la falda del traje –como aquella vez– para
quedarse en camisola y tenderse en su cama… Debajo del colchón guardaba un retratito del niño, que
se había robado de la alcoba de doña Berta, que
con los de los otros niños lo tenía sobre una "cómoda", y que al notar su desaparición, había pensado
que el mismo Fernando era quien se lo había llevado. Y aquel retrato le daba a Enriqueta la ilusión de
que estaba con ella. Cuando estaba sola, lo tomaba
y se quedaba mirándolo, amorosa y sonriente… No
se atrevía a besarlo, como si temiera que fuese pecado, y se limitaba a susurrarle tímidamente: "tan
lindo, sumerced… tan querido…", en voz muy baja,
no fuera que alguien la oyese.

En ocasiones quería apartar de su recuerdo lo sucedido aquel día, y lo lograba; pero otras veces le
parecía que iba a consumirla un grande ardor en
todo el cuerpo, que le nacía en una extraordinaria
sensibilidad de los pechos, que sentía más pesados
que nunca y la invadía toda, toda, toda y le quemaba como una brasa las entrañas y le cosquilleaba en
el sexo humedecido y le turbaba la cabeza, como
por la mañana, al despertar. Ay! Sí! Que volviera,
que se repitiera aquel beso en su boca, que sintiera
ese peso de su cuerpo de él que no pesaba nada
sobre el suyo, como si fuese él de carne, pero de
aire y que allá se rasgara algo al penetrar ese vivo

hierro ardiente, que le daba un gusto tan doloroso y hondo y la llenaba, la colmaba hasta lo más íntimo y profundo. Y esos ojos terribles sobre los suyos, bajo una espesa sombra de revueltos cabellos, esos ojos que se turbaban y humedecían y se cerraban lenta, lentamente para que todo volviera a la realidad y se percatara ella de su peso asfixiante, de la presencia de su cuerpo tibio entre sus piernas, del aflojamiento de su abrazo y de que al retirarse, no quedaba vacía, sino lo mismo que antes de ese vértigo tan terrible y deseado.

— Cuidado, que se derrama el cacaíto!—, dijo Mata entrando.

— Sí, ya va a hervir—, contestó Enriqueta, volviendo a la realidad súbitamente.

— A qué horas vendrá mi señora?— Preguntó Mata.

— Ya no debe tardar…

— Bueno, dijo doña Berta a Mata cuando llegó, por la tarde, cómo le fue?

— Bien, sumerced. Ahí le mandaron eso y que muchas saludes, que vaya…

— Y por qué se esperó hasta el tren de las dos?

— Me fui a hacer una diligencia… respondió Mata, turbada.

— Sí, yo sé cuál fue la diligencia…

— Si, sumerced, pero es que considere… el pobrecito…

— Pobrecito…! –subrayó irónicamente, y cambiando de tono: y cómo está?

— Pues de lo más flaquito y como muy serio… Es que eso tiene que ser muy duro… y él tan chiquito…

No dijo nada doña Berta y volvió rápidamente la espalda para que Mata no le viera la pena en el rostro y en las lágrimas que se le escapaban.

— Sí, sí, pobrecito! Pero qué otra cosa podía hacer ella? Ya se acostumbrará... no se había habituado ella a todo? Que tuviera paciencia y se resignara, como ella. A lo mejor, allá estaba su porvenir y después le agradecería lo que hoy le parecía crueldad y dureza.

Era una cólera ardorosa y viva la que encendía la sangre de Gustavo cuando salió de casa de Mira. Su novia... su novia... pero qué novia era esa, tan fría y siempre tan distante, que se recogía como una adormidera cuando su mano llegaba hasta ella, hasta esa zona de calor que comienza antes del cuerpo, que es como una prolongación de la carne. A todas las novias las había besado y siempre había creído sentir entre sus brazos un quebrarse de la voluntad, un dulce aflojamiento del cuerpo, y en sus ojos nebulosos había visto siempre esa densa sombra luminosa que revela ella sola, tan pequeña y débil, lo que desea hasta la última célula. Pero ésta! Qué se estaría creyendo? Pues no volvería. Bastantes mujeres hay en este mundo para ponerse uno a morirse por una tonta que no se deja ni coger una mano.

Con estos pensamientos llegó al cuartel. En su cuarto dejó la capa, la gorra y el sable y se dirigió al casino.

— Déme un trago! Ordenó al asistente.

— Como ordene, mi teniente, y le trajo un vaso de whiskey.

Lo apuró, dio lumbre a un cigarrillo y se entregó a la contemplación de la partida de billar en que estaban empeñados el teniente Sierra y el capitán Valdés.

— Hoy sí creo que va a haber fiesta, dijo el capitán Valdés, inclinándose sobre la mesa.

— Así parece, respondió el teniente.

Estas voces, indirectamente dirigidas a Gustavo, no le alcanzaban a llegar más allá del oído. Su pensamiento, perdido en la contemplación de un solo instante del día, le sorbía toda la atención. Mira gobernaba con mayor fuerza el imperio más grande su vida, precisamente cuando él creía que era llegado el momento de la ruptura, de la liberación, sí, de la liberación, porque, no había pensado muchas veces en la libertad perdida, en esa entrega de todos sus actos al examen riguroso y estricto que de ellos hacía su novia? Liberación que ahora encontraba imposible, pues mejor sería darse de manera completa a esa voluntad, olvidándose de la suya, no a guisa de concesión –como conceder lo que ella tomaba por sí a modo de derecho eterno e inexorable?– sino de resignado sometimiento. Y esa rebeldía del primer momento colérico? Siempre era lo mismo: que no, que no podía volver a ella; pero repentinamente, los tensos resortes de la decisión se aflojaban y tomaba casi inconscientemente el camino de aquella casa, de aquella cárcel.

— Bueno, mi teniente, no piensa ofrecer un trago?, preguntó el capitán Valdés colocando el taco en un rincón. Había terminado la partida victoriosamente y le parecía simplemente natural el triunfo, sin que por eso dejara de halagarlo.

— Por supuesto, mi capitán, respondió Gustavo después de mirarle a los ojos con una mirada lela y sorprendida.

— Hola! Gritó, tráigame otros tragos.

— Para los tres? Preguntó el asistente.

— No, para mí no, dijo el teniente

Sierra. Yo no estoy ahora para tragos.

— Cómo no!, insistió Gustavo. Hoy es domingo, venga se toma el trago.

— Gracias, más bien después. Y salió.

— Qué le pasa? Parece que no está de muy buen humor, dijo el capitán apurando de un sorbo la copa.

— No, no tengo nada, mi capitán.

— Uuhm, dígamelo a mí. Si se le ve en la cara. Las mujeres, las mujeres… añadió zumbonamente.

Gustavo no respondía. Ni quería hacer el relato de sus cuitas y congojas. Le daría unos cuantos consejos, seguramente absurdos, y le embrollaría más el pensamiento. Sin embargo, para no aparecer descortés con su superior, murmuró en el mismo tono, como un eco:

— Las mujeres… las mujeres.

— Qué hora será?– preguntó el capitán.

— Serán las siete, mi capitán, respondió el asistente.

— Entonces, tráiganos otros tragos, mientras es hora de comer.

Una luz blanca y lechosa se metía por la ventana. Luz fantasmal de la luna nueva que, mezclada a la penumbra del cuarto hacía más turbio el ambiente.

Brillaban los vasos, y sobre los hombros de los oficiales tres y una estrellas, estrellas de esta noche privada, de esta noche metida en un rincón.

— A usted lo que le hace falta, dijo de pronto Valdés, es casarse. Así se deja uno de todas las preocupaciones de una vez.

— Casarme?— preguntó Gustavo, como si con esta interrogación por primera vez se planteara el problema. Sí, tal vez sería lo mejor. Pero, ahora, para qué hablar de eso? Salud! Mi capitán, añadió levantando el vaso.

— Salud! Contestó Valdés. Qué carajo! exclamó al consumirlo. Esta noche vamos a estar contentos!

El capitán tenía una voz larga y honda, dulce de oír, y sus bajos tonos calmaban ahora a Gustavo; sólo le molestaba que quisiera entrometerse en sus asuntos, seguramente no para ayudarle a aclararlos sino para hacerle más embrollado todo.

Cuando dieron las ocho, comenzaron a llegar oficiales. Era la hora de la comida, que se anunciaba con un alegre retintín de sables y espolines en los corredores y en la cocina y el comedor con el chocar de platos y cubiertos y cristales.

El capitán ya estaba casi completamente ebrio; su color, pálido de ordinario, era ahora ligeramente encarnado; los ojos se le cerraban brevemente y después parpadeaba, con rapidez, como si se sorprendiera de su embriaguez y quisiese huir de ella, inútilmente. En cambio, Gustavo conservaba su lucidez.

La preocupación que le embargaba el ánimo, neutralizaba los efectos del alcohol. Parecía hallarse fascinado, con los ojos fijos en un solo sitio, en el cual no encontraba sino el rostro de Mira, esa luz dura y hostil de su mirada cuando quiso besarla y esa boca negativa, sin la menor dulzura, esa boca que no tenía nada de humano.

Qué desequilibrio era ese que no le permitía decidirse, que lo ataba a ella, a su influencia invencible que no acertaba a explicarse? Bonita, lo era. Pero había algo más: una suerte de encantamiento indecible que no estaba en su exterior, en su realidad corporal sino en quién sabe qué desconocido recodo de su ser, en quién sabe cuál misterioso componente de su ser y su esencia. Ser todo un hombre, tan fuerte, tan animalmente sano y duro, tan entero y completo, para en un momento cualquiera hallarse preso en unas redes sutiles y enmarañadas, debilísimas y sin embargo más poderosas que todo...

— La comida está servida, mi capitán, dijo el asistente acercándose.

— Quéee?— preguntó Valdés, entreabriendo apenas los labios.

— Que está servida la comida, mi capitán.

— Ahora no nos joda— balbuceó. Mas bien, traiga otros tragos, no, teniente?

— Sí, mi capitán. Si usted quiere.

Le daba lo mismo comer o no, beber indefinidamente o permanecer inmóvil, sin hacer nada, en ese sitio.

— Pero, mi capitán, se atrevió a decir el asistente, fue que ya llegó mi coronel ...

— Y a nosotros qué carajo nos importa el coronel?
Tráiganos el trago!

— Como ordene mi capitán.

— A mí no me importa ningún coronel ni ningún
general– continuó diciendo Valdés, con los labios
trémulos. Cuando yo bebo es para emborracharme,
no es para que le guste a nadie. Sino porque me da
la gana. No es cierto?

— Sí, mi capitán, respondió Gustavo. Cuando es a
emborracharse, a emborracharse. Lo malo es al día
siguiente.

— Siempre sucede eso. Después de que está uno
con una mujer, después de estar bien alegre, viene
la tristeza, sentenció filosóficamente el capitán. Por
eso hay que aprovechar. Ya que hemos bebido, te-
nemos que continuar. Y después yo lo llevo a donde unas amiguitas…

— Pero, mi capitán, yo tengo que entrar mañana de
oficial de servicio, dijo Gustavo, queriendo deshacerse del compromiso.

— Y qué tiene eso que ver? El puesto lo recibe a las
11 y media, y no nos vamos a estar allá hasta esas
horas. Ni si nos fuéramos a quedar a dormir… son
encantadoras, añadió. Encantadoras… repitió, como
si saboreara la palabra. Hay una, la Carmen, que es
una maravilla… Pero ya la verá. Un verdadero
"bocato di cardinale…".

— En dónde es, mi capitán?, preguntó Gustavo, más
por cortesía que por verdadero interés.

— Deje, deje que yo lo llevo… Luego no quería
quedarse aquí?

— Era por lo del servicio.

— Esas son disculpas. Le aseguro que no va a pesarle. Tiene un cigarrillo?

— Sí, mi capitán— y le tendió el paquete.

La luz de la cerilla les sacó los rostros de la sombra por un instante. Se vieron las manos grandes y vivas, carnosas, de Gustavo, y las finas, largas, huesosas del capitán, aleteando en torno de la luz. Después, rostros y manos se deshicieron en el humo de los cigarrillos.

Después de una larga pausa, volvió a decir Valdés:

— Bueno, mi teniente, de veras, por qué no se casa?

Gustavo no respondió inmediatamente.

— Por qué? insistió Valdés.

— Hay que pensarlo, mi capitán.

— No me diga más "mi capitán", es tan fastidioso eso de oír uno siempre: "mi capitán…", "mi capitán…".

— Entonces, cómo le digo?

— Pues Valdés! De qué otro modo?

— Muy bien… Valdés.

— Eso es, mi viejo Ramírez. Y aquel "vergajo" qué estará pensando? Se preguntó de pronto, al recordar que no les habían llevado los tragos.

— Debe de estar sirviendo la comida, sugirió Gustavo. Y, añadió, por qué no aprovechamos y nos salimos ahora que están comiendo? Así no nos ve nadie.

— Sí, sí, dijo Valdés. Camina.

Tambaleaba, pero a los pocos minutos de hallarse en pie, después de echarse la capa sobre los hombros y de calarse la gorra, recobró su equilibrio y su dignidad. Cuando bajaron al patio, salía el corneta de guardia a tocar "silencio".

Eran las 9 de una noche lluviosa y oscura. Como si en algún lugar de la noche se encontrase la solución de su problema y a ese sitio hubiera de llevarlo el destino, marchaba Gustavo con su compañero, automáticamente.

El frío nocturno, el húmedo sereno que deja en los cristales la huella borrosa de su paso invisible, les habían devuelto la lucidez.

— Bueno, dijo Gustavo de pronto, a dónde vamos?

— Ya llegamos, no se apure. Caramba! Parece que hiciera mucho tiempo... cuando tiene uno sus años...

Él ya sentía que en sus carnes comenzaba a hacerse el otoño. Y una melancólica tranquilidad se apoderaba de sus instintos antes siempre imperiosos y voraces para sumirlos en un sueño, en una como otra vida, inerte y simplemente vegetativa. El hombre que iba a su lado, en cambio, todo ardor y fuerza y vitalidad, con sus duros músculos firmes bajo la piel caliente, con su boca gruesa y deseosa, con sus ojos imperativos. Mas, no sería preferible su calma? Los deseos sexuales, regularizados por los años y canalizados por el matrimonio con la mujer resignada y buena, que le daba todo el goce de su cuerpo maduro y sabroso, apenas atreviéndose a tomar el que naturalmente surgía de un abrazo egoísta y de los besos tibios y ordenados – la boca, los ojos, el cuello, el seno izquierdo levantado por el brazo que no sabía ella nunca por qué iba detrás de la nuca a hacer más alta la almohada – los deseos de hembra más joven, de hembra diferente, con otra luz en las pupilas y otro color en la piel, sólo le venían muy de tarde en tarde: entonces se iba –siempre, eso sí, acompañado por un oficial joven, como si la ajena juventud lo confortase y le prestara las fuerzas que le faltaban– a casa de alguna prostituta amiga de los primeros tiempos de cadete y de subteniente, que lo mimaba tiernamente – también apagados en ella los fuegos de las ardorosas lujurias moceriles y le hacía conocer a la recién llegada, a la última, la que todavía no estaba marchita por el alcohol y la sífilis.

Qué asco de sí mismo le daba ahora a Gustavo esto que iba a hacer! Una clara fuerza limpia intentaba detenerlo, el recuerdo de Mira, pero la oscuridad impulsora de la carne, el desorden espiritual, la confusión, la vencían y dominaban, nunca le había acontecido tal cosa antes de ahora, jamás de modo tan evidente se había revelado en él la efectividad del dominio que sobre todo su ser ejercía Mira y si vacilaba, si luchaba, si se confesaba entregado y vencido, sólo duraba un momento el desfallecimiento, para renacer con mayor vigor la parte rebelde, dominadora del hombre, que quiere dejarse llevar por el otro camino, aunque no sea el de la justicia ni el acierto.

Cuando tocaron "silencio", Fernando hacía su turno de cuartelero. Con el largo gemido de la corneta, tan triste a esta hora como alegre en la diana matinal, se despedía el domingo. Como habían salido muchos soldados, el dormitorio estaba casi vacío. La soledad era más vasta que de costumbre y en el dormitorio se acentuaba con la inmovilidad de todas las cosas. Cuando no había salido nadie, la presencia de todos esos cuerpos, desconocidos y extraños, era sin embargo una viva presencia, una compañía. Pero ahora! Las mochilas exactas, con el pelo que tenía el mismo color de avellana y las marmitas negras, iguales, invariables. Tal vez había alguna abollada como cierta mochila se distinguía por una manchita blanca, nubecilla que vio en un cielo brumoso y cubierto, la madre del animal que fue con esa piel hasta el día de la cuchillada. La luz vaga y temblorosa – tan vaga e indecisa como toda esta vida, que era sin embargo tan regular – hacía un rinconcito tibio sobre el armerillo. Un rinconcito menos silencioso que el resto del mundo – todo ese mundo de afuera, todo ese mundo que estaba más allá de la guardia – porque una mariposilla gris oscura, casi negra, giraba en torno de la lámpara, fascinada y dichosa sin duda, haciendo oír un casi imperceptible rumor con las alitas y al chocar su cuerpecillo con el tubo de cristal.

Fernando se paseaba, soñoliento y tedioso, con las manos a la espalda. Todavía faltaban por lo menos cuarenta minutos para terminar su turno. Si fumara... En un bolsillo del pecho estaba el paquete de cigarrillos. Pero a lo peor venía el oficial de servicio... Por qué esos deseos de fumar, precisamente ahora, cuando no debía hacerlo, que iban tomando cuerpo, restándole importancia a la posibilidad de que viniera el oficial de servicio y lo sorprendiera? Sin embargo, tendría tiempo de arrojar el cigarrillo, porque oiría sus pasos...

El fósforo al encenderse, lanzó un quejido que sorprendió a Fernando como una voz inesperada y conocida, como qué voz, como cuál quejido? Ya no tenía importancia la satisfacción del deseo de fumar. Ahora se perdía la imaginación en la búsqueda de lo que recordaba aquel sonido brevísimo, que a pesar de su brevedad había sido suficiente a intranquilizarlo de tal manera.

Con el cigarrillo escondido en el cuenco de la mano, que recibía un dulce calor débil, se acercó a la puerta. Se oía el lento paso del cuarto de ronda del segundo patio. Un olor a humedad, a tierra mojada, subía hasta él. Arriba, una luna en creciente, de un amarillo naranja, asomaba por sobre el tejado. Qué vasta, qué desnuda soledad!

Suspiró, arrojó el cigarrillo que hizo una raya de fuego en la sombra, y cruzó los brazos sobre el pecho. Pues estaba solo ahora y para quién sabía cuánto tiempo más, sería un hombre solo, un hombre al lado de los hombres, sin relación íntima alguna, sin apretado lazo sentimental. Pues los demás habían cortado las amarras, debía dejarse llevar por la vida, hasta que fuera necesario. Pero no era esta una decisión que tomara a conciencia, con claridad reflexiva. Una fuerza subconsciente se la dictaba de manera nebulosa pero firmísima y él sólo se sometía —como a todo, sometimiento con voluntad— y se entregaba. Vivía ahora de su ser oculto, que era quien lo dirigía sin que nunca intentara explicarse ni comprender la variabilidad de sus impulsos, lo tornadizo y contradictorio de sus resoluciones, que de pronto —y tam-

bién sin motivo conocido por él– eran abandonadas
o echadas en olvido.

Unos pasos pesados y largos –pasos de hombre
grueso y alto– nacieron en el fondo del corredor. Se
acercaban y crecían llenando toda la noche con su
seguridad, con su superioridad. Le ponían miedo en
el ánimo esos pasos, como debían de inspirárselo al
cuarto de ronda, que suspendió su paseo. El cami-
nante descendía ahora la escalera haciendo crujir
los escalones sordamente. Al llegar al piso de ce-
mento del patio, cambió el tono de las pisadas, que
se hicieron claras y alegres. Después, en el fondo de
la oscuridad y de la noche, se apagaron y desapare-
cieron.

La tensión que sufrió Fernando mientras duró la
marcha –qué largo, qué inmensurable tiempo!– se
aflojó.

Dan – dan – dan – dan – gritó el reloj de una
iglesia lejana. Y luego, una vocecilla, hija de la primera, cantó – como si cantara para las estrellas, en
fa agudo y vibrante: din – din – din – din – din – din
– din – din – din – din. Las diez! Pero, era posible?
Habría dormido durante todo ese tiempo? No, no,
sólo se había entregado a sí mismo en un pensamiento, que se había llevado, como un fuerte viento
silencioso, la conciencia de su vida.

Llamó al soldado que lo sucedía en el servicio y
esperó a que estuviera en pie, para acostarse. Cuando le vio con el cinturón en la mano izquierda y
frotándose con la derecha los ojos para ahuyentar el
sueño, le dijo simplemente:

— Hasta mañana, y subió a su lecho.

— Aaaaa… a… aaaa– respondió el otro en medio de un bostezo que se comía todas las consonantes y sólo dejaba oír las llenas aes vocales.

Puso la cabeza en la almohada oscura, profundamente.

Unas voces opacas desgarraban lentamente su sueño y de él fue saliendo como de una honda agua oscura.

— Carajo!– gritaba alguien. Acuéstense, vergajos! Van y se emborrachan para venir después a joder.

— Nooo… mi caabo– respondía una voz vinosa tambaleante… si… no… estaaamos borrachos.

— Ya se fueron a lavar la verga a la enfermería?

— Sí, miiii caaabo… pero por qué quiere que nos acostemos?

— Cómo que por qué? A acostarse antes de que dé parte al oficial de servicio.

— Bueeeeno, mi caaabo…

Se oyeron todavía algunos murmullos, después ruidos pequeños y vagos de las ropas, del cinturón, de la gorra y volvió a cuajar la espesa nata del silencio.

Acontecía invariablemente lo mismo los días de salida: los soldados se encaminaban a la plaza de mercado, lugar en el que estaban seguros de encontrar gentes conocidas o parientes entre los campesinos que traían víveres.

Trenzada la conversación, era necesario animar los recuerdos o consolidar la amistad reciente con la gruesa chicha biliosa o la cerveza barata. Y así, trasegando alcoholes baratos, sin alegría, se consumían las horas solares mientras llegaba la noche de las turbias marcebias y los humosos burdeles de las calles 32 y 3a., cuyas pobladoras –ojos febriles, bocas pintarrajeadas y amargas, cuerpo roído por el alcohol y la sífilis del chancro que les mordía la vagina y la blenorragia que les quemaba el sagrado recinto estéril– eran el receptáculo momentáneo de la simiente inútil de todos esos varones que realizaban el abrazo de manera bestial y poderosa pero sin que los animara lo único que ennoblece la horrible trabazón de miembros convulsos de dos seres que sólo entonces se conocen de veras en extensión y en profundidad: el pensamiento del hijo. Tanto espasmo perdido! Tanto beso mecánico y frío!, tanta falsa palabra!, tanto amor mentido y arrastrado si cierto!, tanta semilla sembrada en pedregales, y entre tanto –entre tantos!– tanto alfolí vacío, sin un solo grano – no basta sólo uno acaso para que la mies sea mañana oro que cubra todos los campos?

Los camastros mugrientos, crujían en las noches de los sábados y los domingos bajo el peso y el esfuerzo sexual de los soldados. Sobre ese asco se corrían mugrientas cortinas de zaraza y sólo resplandecían las hebillas de los cinturones y las empuñaduras de los yataganes en los pies de las camas, entre ese olor pesado y gris de tabaco, vómitos, semen, alcohol y orines en que naufragaba la vida. Una vida que surgía –blanca, lenta, densa, húmeda, viva– de tantos cuerpos irresponsables e inconscientes de poseerla, para perderse en la bahorrina de los albañales.

Los ojos atentos y vacíos de Gustavo se abrieron a
la verdad esa mañana. No podían ahora comprender la forma de las cosas y permanecían absortos,
largo tiempo fijos, paralizados en un detalle cualquiera del aposento, como si nada más existiese,
como si toda la vida se hubiera concentrado y resu-
mido en la perilla opaca del catre, que en su cima
lucía un solecillo claro, brillante –sol del universo
de la perilla– o en la sien derecha de Mira, en su
retrato –había allí un lunarcito de color de tabaco o
era cerca de la ceja izquierda en donde se encontraba? Y por qué no cupieron sus manos dentro del
retrato? Por qué esa desnudez? Por qué esa desnudez que sólo podía cubrir la presencia de las manos? En dónde, en dónde estaban ahora sus manos
columbinas, sus manos de diez plumas en dos alas?
En dónde sino allí, sobre su cuello, acogotándolo
con una angustia nauseabunda de merecido castigo? Y por qué no estaban – maternales, amorosas y
buenas – frías, glaciales – temperatura cordial ahora
– sobre su frente y sobre sus ojos, vendándolos con
ternura, ya que no sabían recordar siquiera su forma, apenas la vaguedad de dos manchas blancas,
informes y distantes e inasibles como nubes.

El corazón –incansable pececillo saltarín preso en
la red de las venas, dentro de las grandes aguas
vitales– el corazón retumbando como jamás con
golpes que tenían eco en las sienes y en las muñe-
cas y en el pene, arbusto recién nacido, siempre
independiente, que obra como le viene en gana, y o
va a buscar en el otro cuerpo su complemento, o es

ave lasa dormida en el cálido nido musgoso sobre los dos huevos, empollando los espermatozoides.

Qué amarga corriente subiendo la cuesta de la garganta! Qué angustioso temor y qué terrible sobresalto! Y las grandes palabras creciendo, creciendo en la conciencia – consuelo de los vagos propósitos y las deleznables decisiones – con sus voces proféticas: Nunca…! Nunca…! Nunca…! Jamás…! Jamás…! Y siempre…!

No, no servía para nada la vida. Después de aquello, que le cubría de lepra, para qué? Basura, escoria, humo era la vida. Y Mira? Y Mira? Tan remota, tan inalcanzable en este momento. Pura ella, purísima, límpida como el agua única que podía apagar la hoguera de esta sed; clara y eficaz para limpiarlo de inmundicia carnal y de esos horribles pensamientos que le cosquilleaban en el cerebro como sucios parásitos. Pero el agua no tiene voluntad, es sólo amor que se entrega y se da sin esperar recompensa, sin intención de canje; ancha y abierta se ofrece, plena, desnuda y desnudadora, pues no tolera artificios, ni se presta a complicidades o encubrimientos. Mira, tan semejante al agua por sus condiciones de bondad y dulzura y pureza, es sin embargo bien distinta de ella, o sólo se le parece en algunas de sus formas: huidiza, fugitiva, agua corriente de riachuelo que no sabe en busca de qué va, o hielo inmóvil, firme, hermético. No, no puede ya nada ser de otra manera. Para qué esta lucha sin posible victoria? Para qué! No, no son interrogantes, no son problemas los que ahora caben en el cerebro de

Gustavo. Es hora de exclamaciones pesimistas! De resignadas comprobaciones de su propia miseria o de lo que él considera que la constituye. Y hay que volver a vivir, reiniciar la existencia que pareció por un instante interrumpida y que ojalá se hubiera quedado como una vedija de lana en tantas alambradas de pecado como las que había salvado la noche anterior. Seguir, continuar, hasta que en un minuto desconocido todo cesara. Y entre tanto?

A pesar de todo, le hacía falta Gustavo. Esa presencia masculina en la sala dos veces por semana, llenaba un vacío que no podía situar exactamente dentro de sí misma. No era, no, la melancolía, tampoco esa ansia vaga e imprecisa de lo muy concreto y determinado. Era algo semejante a ese suspiro que se cuaja en el pecho, que no quiere salir dejándonos libre y franco el acceso del aire. Propiamente, falta de nada, de aire. Amarlo, no. Acaso necesitarlo. Para qué? Y esa necesidad no sería una forma elemental del amor, una simplificada manera de expresar su deseo de entrega, ese deseo bordeado –como la pulpa jugosa del cardo de espinas– de abismos de reserva, de tremedales de duda? Todas estas preguntas y otras tantas se proponía Mira a lo largo de los días quietos y lentos, que no pasaban como ella quisiera, días densos, con horas de exactas dimensiones, que no podían cambiar a la luz de los varios trabajos domésticos pues también eran éstos iguales, simples y parejos, cada uno dentro de su hora, encajado, sin desbordarse, sin que escapara un ruido o una forma. Hora del sueño y de las sábanas cuyo orden había roto la anarquía de los sueños; hora del espejo, de pupilas recién abiertas para recibir después de la sombra la visita de luz de su cuerpo –ya antes habían llegado a su sitio cuatro rosas y media del florero– de la silla de lectura y la pantufla derecha, siempre viajera y vagabunda que dejaba atrás a la izquierda perezosa; hora de cascada textil del traje y de la peinilla que cae y raya regularmente el aire; horas del gusto del pan; del frío tacto de la piel de los platos; de las hojas del libro y de las plantas y del fino brote de la aguja que con su único ojo sabe bien los caminos intrincados de la flor digital. Y así, todas las horas de pensamiento y atención, de recuerdo y olvido, vacías, abisales, o llenas con el paso de una hormiga perdida o el verde vivo del pulgón de la rosa. Y de tanta cosa pequeña y oscura, complicada o clarísima, sólo dos verdades y dos evidencias: o el hombre o el convento –que dos soledades más grandes! que dos misterios más profundos! por tan diferentes caminos, el mismo fin– haber hecho algo en la vida. Y por qué no, no hacer nada? Por qué no, no quedarse ahí, quieta, estéril, sola de verdad consigo misma, y limpia, sin buscar, sin hallar, sin querer? Por qué no? por qué?

Qué era el consuelo de las oraciones sino cargar de pesos su espíritu? "...que estás en los cielos...". En los cielos, en los cielos... Había que ir al cielo. Otro fin de toda la vida. Otro fin desconocido: "... venga a nos tu reino..." "...mi reino no es de este mundo...".

Esperar, esperar, siempre esperar que llegaran los fines desconocidos. "Hágase tu voluntad así en la tierra como en el cielo…" Hágase tu voluntad! Siempre una más alta voluntad que la nuestra. Objetiva, visible, presente o desconocida pero efectiva, haciendo valer sus leyes infrangibles y eternas "aquí, en la tierra, como en el cielo". Y las rebeliones, inútiles, porque la vida nos va poco a poco arrinconando y cercando y sólo nos queda el recurso de levantar las manos en un último gesto de inconformidad antes de dejarlas caer, vencidas y entregadas para el muro, frío e invisible y seguro peso del grillo y la cadena.

Nuestra voluntad. Pero qué voluntad? Voluntad encaminada a qué fin que no sea el desorden de nuestro capricho cambiante? Voluntad de hoy olvidada mañana, sin raíz ahincada en el ayer, tornadizo deseo modificado por la más ligera impresión, que no dura sino el tiempo de concebirlo, pues no lleva en sí mismo la fuerza y el propósito de realizarlo. Mas esa confianza en la eterna y omnipotente voluntad ajena, o no confianza sino resignación y entrega, no sería la mejor demostración de nuestras escasísimas condiciones de lucha y de brega para desenvolver nuestras ocultas potencias –nacidas muertas, secas en semilla– ya que de todas maneras en el camino que ofrece menos dificultades éste de no escoger ninguno y quedarse uno sentado sobre la piedra de la inercia, hecho uno mismo fragmento de esa piedra, confiando a la otra voluntad la realización de una vida que no somos capaces de hacernos a nuestro talante y de nuestra guisa? Pobres gentes sin eje y sin brújula, personalidades de molusco, gelatinosas y fofas, aspas de veleta al viento, a los 32 vientos de la incolora voluntad del otro y de los otros.

O el hombre o el convento. O el hombre o la falta del hombre. Como si algo le interesara a Mira esa posesión o esa falta! Tal vez algo extrañable, que intentaba hablar en lo más recóndito de su ser, la almendra de su feminidad se inclinaba ligeramente al primer término, pero todo era tan oscuro que no alcanzaba a formarse corriente alguna enderezada a posibilitar el cumplimiento de lo que apenas se esbozaba. Gustavo? Quizá no. Un hombre a quien no podía adivinar sino como a otra fuerza más grande y poderosa y terrible que todas. Algo tibio, ardiente, duro que la hiriese y fundiera y acariciase y la deshiciera para recrearla a su imagen y voluntad, quemándole sus caprichos en su llama viva y llevándola a su órbita para que sólo la rigieran sus leyes. Pero algo había en Gustavo que no era lo ansiado y adivinado. Sí, tenía en los ojos y en las manos y en el aura de su personalidad ese frío duro y ardiente de los hombres cuyo trabajo les obliga a tratar con instrumentos metálicos. Como el acero de los cañones, azul y brillantes, era lo que Mira veía en Gustavo. Y si hubiera sabido cómo eran los "schrapnel" y de qué manera estaban constituidos y formados, se hubiera sorprendido al encontrar en ellos el símbolo de lo que esperaba en el hombre, porque de todas maneras era necesario un hombre para la venida del niño. Como los "schrapnel" duro y frío, pero con un ardor quieto y terrible escondido en la entraña; con un fuego que algún día la quemaría y arrasaría todo – incluso ella – al aparecerse a la luz de la vida. Y por qué este deseo de una fortaleza superior a la suya; por qué este anhelo de consumirse no encontraba sino dos términos? O el hombre –tan desconocido, tan misterioso, tan atractivo, por o sin embargo?– o el convento –que no era al fin y al cabo sino una ausencia, un alejamiento definitivo del hombre. Lucha y combate, batalla ardorosa y encendida contienda en la que estribaba el encanto de la final entrega, del absoluto sometimiento y la total resignación, o callada paz, sereno olvido, dulce y casta mansedumbre de la vida de espaldas a la vida, de la vida con los ojos y todos los demás sentidos vueltos de revés para embeberse y pasmarse en la contemplación de tanto enmarañado conflicto entre la carne– que apenas adivinaba sus instintos, y la inteligencia, que en ocasiones se confundía con éstos y el espíritu, indeterminada zona apartada de todo y a todo unida. Pero, y el niño? El niño! No podía decirle hijo. No, ni parto –antes, la grosura del vientre en creciente marea y de los senos, dolorosas lunas lácteas, y la garra de las náuseas incoercibles, y el paso roto por el peso de la otra y la otra y todas las vidas que estarían con la que crecía dentro de ella, y en, rota la fuente por las uñas del dolor y el volumen de un solo grito en muchos y perder eso tan suyo, libertarlo con la horrible envoltura placentaria y abrir las piernas para que la vieran, como a una res muerta, en su más secreta intimidad, otros ojos de hombre– fríos, duros, desinteresados, que no eran los quemadores que por la vez primera conocieron y admiraron el maravilloso secreto. Y después de la sangre y de aquel vagido, húmedo en su sangre y en sus lágrimas, ver eso que era ella misma, que de su almendra había salido, tan torpe, tan desconocido, tan distante y ajeno, volver a su cuerpo, a la leche de sus pechos y sentir que comenzaba a formársele en la profundidad entrañable una sorda angustia que era como el recuerdo de lo que estaba ahí, a su lado, tan animal e indefenso, con la boca, única cosa viva y consciente, buscándola como ella misma lo buscaba, embelesada y sorprendida, pero sin que lograran encontrarse más allá del horizonte de la piel. O todo sería de otra manera y no como ella lo imaginaba?

Su carabina llevaba el número 772. "Mausser", manufacturada en Steyr, Austria.

Él tenía, pues, su carabina. Su arma. Su arma de pulidas maderas, con el cañón pavonado, azulado como la cabellera muy negra de una mujer; con el mecanismo brillante y sobre la recámara el lindo escudo de Colombia que le hacía dar un saltito a su corazón. Un arma tan bonita, con el sombrerete luciente del tapabocas, con su culata firme, con su alza viviente, con su misterio, para él. Pero un arma puede dar la muerte. Más, un arma no tiene otro fin que dar la muerte. Qué terrible y qué hermosa! Y estaba ahí, a su lado desde el día que se la dieron, con su hijito de frío acero que no vive con todo su cuerpo

sino para que viva la punta mortal, con su yatagán
que la hace más alta y esbelta y temible. Desde ese
día a nada en el mundo amaba Fernando más que a
su carabina. Pero con qué amor cruzado por venas
de calofrío temeroso, con qué turbación de hombre
que por primera vez conoce con el tacto de sus manos la piel tibia y profunda de la espalda femenina o
de hombre que se encuentra con la muerte en el pliegue de la sonrisa, que se quedó repentinamente inmóvil como el agua que adoptase la calidad del hielo.

La encontraba por la mañana, cuando la diana de
cobre, llevando al hijo del largo y fino brazo de la
baqueta; había de estar separado de ella hasta la hora
de instrucción de infantería, la hora del manejo, cuando se la echaba al hombro, alegre de sentirla tan vecina suya, tan cercana, tan pegada a su carne, asida
por la mano derecha la correa, y cuando la presenta-
ba orgullosamente, poniéndole una mano en su esbelta cintura y cuando la ponía –pobre cojita– al lado
de su pie, en descanso.

Volvía durante algunas horas al reposo de su casa
–el armerillo, tienda– hasta la hora de los ejercicios
musculares con arma: entonces le gobernaba de
modo sorprendente, le fatigaba los miembros tensos, pero volvía a ser dulce y terrible al entregársele
en toda su intimidad para la limpieza. Bastaba efec-
tuar una ligera presión con la palma de la mano
sobre el tapaboca, hacerlo girar un poquitín, para
mirarle el ánima, su alma estriada y terrible, pero no
se atrevía, porque era aquel el aposento de la muerte. Fina y lustrosa en todas sus partes de metal y

madera, con un femenino talle de doncella, erguida y esbelta, guardando en el redondeado aposento de la recámara la vida o la muerte de cualquier hombre. Primero fueron los cartuchos de instrucción, esos cinco cartuchos falsos y muertos, que recibían el picotazo certero de la percutora aguja inútilmente, con su metálica frialdad sin vida. Saltaban fuera y caían con un ligero ruido de juguetes para volver a entrar y volver a salir ciento y cien veces y otras tantas.

— Pre–paren, ar! Y no era él quien la llevaba, era ella la que saltaba –segura y rápida– a la altura del corazón, amenazadora, buscando el objetivo vulnerable que cabía en su ojo vacío y tan vivo.

— Apunten, ar! Y entonces se tendía, larga, larga, larga, horizontal, apoyándose en su hombro ligeramente, con el portador negro al viento, con el inquieto gatillo dispuesto y el punto de mira exhibiendo en su cima la muerte. Y su voz, aquel día en el polígono! Voz encantadora de serpiente, nacida de un choque hondo que no dejaba lugar a otro sonido y se prolongaba, silbadora, ondulando rítmicamente hasta perderse en la voz de la compañera.

— El sargento Bastidas es un hijo de puta!, había dicho aquel día uno de los soldados de la batería, cuando iban a la instrucción cívica.

— Sí, es un mierda!— habían corroborado los compañeros.

— Qué fue?, preguntó Fernando.

— Ah! Luego usted no vio?, interrogó a su vez "El Conejo".

— No, no sé qué pasó.

— Pues que como no puede ver al pobre indio y se la tiene dedicada, le dio un bofetón y le rompió los dientes.

— Pero, a quién?

— Pues al Antonio Rodríguez!

— Y dónde está?

— Lo llevaron a la enfermería.

— Y por qué no le decimos mañana a mi capitán? Preguntó Fernando.

— No, no, dijo alguno. Después nos jode a todos.

— No sea pendejo, insistió Fernando, es peor que nos callemos, porque va a creer que puede hacernos lo que quiera.

— Bueno, preguntó él tímido, y quién es el gallo que se lo dice?

Todos quedaron en silencio. Finalmente, dijo Fernando:

— Yo, a mí qué me importa?

— Y usted si es capaz?, preguntó "El Conejo" con una sonrisilla incrédula.

— Pues claro! Eso qué tiene de raro?

— Pero mi capitán se hace el pendejo…

— No, si él es bueno… El otro día no le dio permiso a mi cabo por cuarenta y ocho horas después de la encalabozada?

— Pero quién va a aguantar después a mi sargento… dijo el soldado temeroso.

— Usted sí está cagado de miedo, no?, le preguntó "El Conejo".

— Pues claro, porque todos vamos a mamarnos las furias…

— Cuando más nos meten al calabozo. Allá siquiera se está uno durmiendo y no tiene que ir al terreno…

— Yo me voy a ver a Rodríguez, dijo Fernando separándose del grupo.

— Entonces, dijo "El Conejo", quedamos en eso?

— Sí, respondió Fernando casi a gritos.

— No se vaya a correr…

Correrse! Si había perdido ya el miedo a todo lo que antes se le antojaba temible… Los hombres le infundían un vago y extraño temor, pero ahora los encontraba tan semejantes a sí mismo, que solamente lograban sorprenderle cuando al comparárseles inconsciente o deliberadamente encontraba que este aspecto de su personalidad o aquella actitud ante una situación determinada eran el mismo que como suyo conocía o exactamente la que hubiese adoptado en caso parecido. Pero miedo, por qué? Lo único temible de los hombres era la muerte que podían dar y que en cualquier momento, con su consentimiento o fuera de su gobierno, llegaba a sus manos y los turbaba y enloquecía hasta que podían desembarazarse de ella satisfaciéndola con la presa de una vida. Y ahora, en este caso, precisamente, cuál era el peligro que corría? Afrontar la enemiga del sargento Bastidas, que seguramente querría vengarse de la denuncia que de sus malos tratos haría al capitán. Le recargaría el trabajo, le doblaría las horas de guardia, injusticias cuyo remedio no se hallaba sino en nuevas y sucesivas reclamaciones. A ver cuál se

cansaba primero de este juego en que no llevaría
él la peor parte, porque si ciertamente mayor sería
la fatiga de su carne, qué grande en cambio la ira
impotente, la venganza ciega del otro estrellándo-
se contra su invencible y muda y terca decisión de
no ceder una sola pulgada su terreno.

A diez pasos del dormitorio de la 4a. estaba la
enfermería. Ya no lograba sorprenderle el limpio y
grato perfume de las medicinas, pues pertenecía a
su ambiente diario, a sus cotidianos perfumes –el
dulcísimo del pan que se anticipaba al alba, el de
las caballerizas, evocador del campo, el suave y
penetrante del aceite grueso para la limpieza del
armamento mayor, el del yodoformo de las cura-
ciones, blanquirrojo perfume de gasas y heridas.

Unos tendidos, sentados otros en el borde de las
camas barnizadas de blanco, conversaban los enfermos. Rostros pálidos sombreados por barbas de
varios días; con ligero color saludable otros, y otros
alegres y un tantico desvergonzados y orgullosos –
los maltratados por la venus arrabalera con el bu-
bón que les iba creciendo en las ingles como un
encarnado hongo monstruoso, como un anticipo
de la corrupción inexorable de algún día, prolongación de la mínima y espantosa mordedura del
chancro que embobará o enloquecerá al hijo que
todavía no lo sabe.

— Dónde está Rodríguez?, preguntó al enfermero.

— Allí… y señaló una puerta.

A ella se encaminó Fernando. La empujó dulcemente y vio al médico y sentado al soldado.

— Ahora no venga a molestar... dijo sin volverse.

— Bueno, doctor, murmuró, se volvió, dejando la puerta entreabierta cuando oyó que le decía:

— Cierre esa puerta, carajo!

Los enfermos cuchicheaban y reían. Bajó al patio, se sentó cerca del gimnasio y volvió a pensar en la reclamación de mañana. Y a él quién lo metía en estas cosas? Que los demás se arreglaran como quisieran. No había recibido su buen "carajo" por ir a donde no le llamaban? Pero los demás eran tan miedosos... Tal vez porque se hacían estas mismas reflexiones. No, no desfallecería. Aunque el capitán le dijera que a él qué le importaba, no iba a quedar como un tonto ante sus compañeros. No iba a darles el gusto de que pudieran decir que se había corrido como lo temían y se lo habían hecho saber al manifestarle su desconfianza.

Pero le hacía falta una firme decisión, un invariable propósito sin titubeos, que seguramente no se formaría en él sino al llegar el momento, cuando no le fuera posible echar pie atrás y adivinara en la fila que todos sus compañeros pensaban en él y esperaban la hora de la fórmula:

— "Reclamos y solicitudes, un paso al frente!".

Y no iba a dar él ese paso? Le iba a faltar el valor suficiente? Permanecería en su sitio, olvidándose de su promesa, de la responsabilidad voluntariamente contraída, de su propia conciencia que como un resorte le impelería? No, no era posible. Lo haría todo menos quedar en falta ante sus compañeros y ante sí mismo.

Cuando le había visto cerca, cerca de él, con esos ojos claros que tenían la dura y mala vitalidad de las culebras reflejada en su brillo inflexible y exacto – y en cuyo fondo brillaba una vivísima morcella, centro de su blanca sombra azulada, cuando le había visto con los labios apretados, también casi, casi blancos, había sentido Antonio más temor que al recibir el puñetazo que le aplastó la nariz, le puso el gusto de su sangre en la lengua y apenas le permitió oír durante el espacio brevísimo de su caída, el insulto que salía de esa fría boca rabiosa:

— Hijo de puta!

No era rabia, no, lo que le quemaba ahora, al levantarse cubierto de vergüenza y de polvo. Como si se le hubiese helado la sangre, como si apenas una gotita le corriera por todas las venas, alocada y saltarina como el mercurio y viniera a golpearle el pecho en el sitio del corazón, escuchaba ese golpear incesante, con toda la vida en los oídos, sin ver, sin saborear la sangre, que le llenaba la boca como un torrente en el que iban dos pequeñas islas duras y dolorosas y blancas.

Porque no sabía hacer bien el manejo y al echarse el arma al hombro no podía evitar que su cabeza hiciese un ligero movimiento hacia la izquierda, por eso el golpe y el insulto. "Hijo de puta!". Muchas veces lo había oído decir a sus compañeros, tal vez él mismo lo había dicho, pero pensar que ahora se le dijera… porque no podía hacer bien el manejo…

Le habían curado y ahora podía volver a trabajar con sus compañeros. Tenía hinchado los labios y ya le parecía no recordar nada. Estaba como dormido, como ebrio, como si hubiese perdido la noción de la realidad que sólo se hacía presente en el traumatismo de la nariz y la lengua.

Para eso, entonces, lo traían a uno al cuartel? Y si no sabía cuál era su mano derecha y hacía el giro a la izquierda cuando le mandaban lo contrario había motivo para que le golpeara el sargento y le llamara "hijo de puta"?

Pues su mamá se había casado en la iglesia del pueblo –decían–, no era hijo de puta. Y por qué no le enseñaban – de manera que nunca pudiese olvidarse de cuál era su mano derecha – la que asía la carabina, la que tomaba la cuchara, la de persignarse – en lugar de golpearle y derribarle los dientes? Ese sargento Bastidas no era, indudablemente, un hombre bueno. Con esos cabellos tan rubios y esos ojos tan claros no se podía mirar bien a los hombres que como él, Antonio tenían la [piel] color tostada y los ojos negros y negrísimo el lacio cabello. Se parecía el sargento Bastidas a aquel judío rubísimo que salía en las procesiones de la Semana Santa en el pueblo y no podía ser menos malo que él, el del látigo que azotó a Nuestro Señor.

A todo se había habituado Antonio, aunque muchas cosas no acabara de comprenderlas. Para qué, por ejemplo, estarse horas enteras, inmóvil en un sitio determinado, perdiendo el tiempo? Nunca en su pueblo permanecía inactivo. Había que estar pendiente de la sementera, arando, o sembrando, o limpiando, o recogiendo el fruto de todos estos trabajos.

Pero cuándo sino los domingos, después de la misa, podía un hombre estarse algún tiempo manicruzado, sin hacer nada? Y no dejarlos salir a la calle todavía… tal vez se encontrara con gentes de su pueblo – su mamá sólo había venido a verle una vez – con quienes conversar de los suyos y a quienes preguntar por los compañeros y las amiguitas.

Contar así los días y los días que faltaban para que se cumpliese el año. Esperar que pasara el tiempo, lentamente, aunque tan cortos le parecían los días, para volver a sus campos después de "haber cumplido su deber para con la Patria", como decían durante la instrucción cívica. Pero qué sería la Patria? Algo muy, muy grande, como un campo hermoso, como una mujer muy bella, como una señora alta y gruesa y blanca y seria, vestida de negro, que tenía una hacienda cerca de Turmequé, así debía de ser la Patria. Y él estaba allí para servirla y defenderla. Le habían enseñado que la bandera era la imagen, la representación de la patria y le gustaba verla, con una admiración infantil, flotando con sus tres colores alegres cuando la izaban – los domingos. Y el himno! El himno sí que le gustaba de veras! Como que se le apretaba todo el cuerpo y se le detenía la marcha de la sangre al oírlo y se le opacaban los ojos. Qué gusto poder cantarlo –ya casi lo sabía– y murmurarlo en voz baja. Mucho más bonito que todas las coplas y canciones que cantaban allá, en el pueblo, y tal vez también más bonito que los villancicos. Lo único que podía compararse al himno era "El compañero", tan triste y tan dulce, que le venían a uno deseos de llorar como si hubiera muerto alguien.

Al llegar a la escalera para descender al patio, se topó Antonio con el coronel Díaz. El coronel Díaz tenía una hermosa figura militar. Una natural nobleza y arrogancia en su continenti, imponía respeto y admiración. Afable y sin embargo distante sin parecerlo, por la tropa y los oficiales era amado filialmente. Tenía una voz baja, agradable, que era un gusto oír cuando ordenaba los movimientos de su regimiento en los días de parada y los buenos ojos, grises y severos, brillaban detrás de los lentes. Erguido siempre y marchando con seguridad el coronel pasaba por el cuartel sin permitir la más leve quiebra de la disciplina pero sin desmedirse jamás ni en el elogio, ni en el castigo, ni en la censura. Hombre justo por equilibrio de su conciencia y de su inteligencia clara, que no se salía de lo ordinario –como las mejores inteligencias.

Antonio se puso firmes y el coronel se quedó mirándolo a la cara mientras lentamente se llevaba la mano derecha a la visera de la gorra.

— Qué te pasó?, preguntó.

Antonio no encontraba que decir, turbado y confuso por la presencia de su coronel a quien por primera vez hablaba. Finalmente, balbució:

— Fue que me caí de la barra, mi coronel.

— Y ya te curaron?

— Sí, mi coronel.

— Bueno, que te mejores. Y no seas pendejo – añadió amistosa y rudamente dándole una palmada en el hombro. Eso no es nada y así es como necesitamos a los soldados: machos, no?

— Sí, mi coronel.

El coronel bajó la escalera dejando que el sable golpeara en cada uno de los escalones haciendo una canción de dos tonos: bajo el uno, ronco, y el otro alto y alegre, mientras Antonio permanecía en lo alto, lleno de una grande alegría, de una profunda gratitud, que le hacían olvidarse de su dolor y de su afrenta. Le había hablado el coronel afectuosamente, le había tratado como a un amigo y esto le recompensaba crecidamente por todos sus sufrimientos y congojas.

Había sido día de instrucción de artillería. La batería "Erhart" y la sección "Krupp", en el tercer patio del cuartel, al sol, con sus grandes escudos grises, sus rudas claveteadas y su cañón mudo y vacío, tenían un aspecto de cosas muertas e inútiles. A la orden:

— Desarmen piezas! y las pesadas moles se deshacían como por encanto y quedaban extendidas sus partes, regularmente, sobre la manta.

— Armen, piezas!– repetía la voz, y de aquel confuso y armonioso desorden de la pesada cuna y el cañón, de las ruedas y los escudos, nacía nuevamente, para volver a su inmovilidad amenazadora, el arma pesada y sabia.

El apuntador con el alza y el nivel buscaba el blanco, mientras los demás sirvientes de la pieza conservaban sus posiciones. Las cajas decorativas de la munición permanecían dispuestas, y sobre su eje, al capricho de la voz de mando, giraba la pieza en el tiro directo, mientras en el indirecto correspondían a la inteligencia del apuntador y al anteojo por él gobernado, los más grandes esfuerzos.

La carga de las piezas desordenadas sobre las mulas, el ajuste y afianzamiento con los complicados correajes, ponían a prueba el vigor muscular de los soldados, que después de dos horas de esta instrucción de artillería, fatigados y sudorosos se amontonaban en grupos que apenas tenían aliento para una charla lenta y espaciada que sólo lograba animarse para encomiar cada cual las virtudes de presteza y acierto en las maniobras.

La corneta encendió su sonido, su toque de reunión como una llamarada, cuando dieron las 11 de la mañana en el reloj de la guardia.

La cuarta batería formó en el primer patio para la lectura de la orden del día.

Fernando no pensaba ya siquiera en lo que debía hacer, tan afianzada inconscientemente estaba su resolución de hacer lo que había determinado. No era ya, por tanto, un suceso extraordinario que se escapara de lo común; era, simplemente, lo natural y lógico.

El sargento dio lectura a la orden con su voz que no sabía leer nada distinto de la orden del día y que hubiese tropezado en otro escrito cualquiera. Le escuchaba Fernando y todos le escuchaban con una atención acostumbrada, que no esperaba ninguna sorpresa, cuando con voz que a todos pareció más alta y más clara, dijo:

— Ascensos… asciéndese a cabo 2o. al soldado Fernando Ruiz.

Como si estas palabras le hubiesen cegado y en-
sordecido a la vez, una gran niebla se hizo en su
cerebro. Cabo 2o. él, ascendido, por encima de todos los dragoneantes y soldados antiguos. El orgullo y la satisfacción le colmaban y vino a sacarlo de
su sueño y de su embeleso la lenta voz del capitán:
— Reclamos y solicitudes, un paso al frente!

No podía moverse de su sitio. Parecíale, sin embargo, que la fuerza de la promesa contraída con
sus compañeros le impulsaba a su cumplimiento, a
la vez que lo retenía su nueva condición de suboficial. Los dos botones negros en la blusa de diario y
los dorados en cada lado del cuello de la guerrera
de salida. El yatagán para la salida de los domingos.
El, comandante de una pieza, instructor de reclutas.
El, el cabo 2o. Ruiz… Llegaría a su casa, por primera vez, después de haberse paseado por todas las
calles para que lo saludaran los soldados y entonces
podría mirar a doña Berta sin timidez ni vergüenza.
Pero, Antonio, y la injusticia y la promesa. Y el rostro severo y moreno del capitán, con esos ojos tan
muertos y claros como los faros de los automóviles
durante el día.

Dio un paso al frente y expuso su queja. Tampoco sabía qué resorte secreto, qué oculto muelle le
había llevado a hacer ese breve, simple y sin embargo tan trascendental movimiento. Ni sabía exactamente que palabras eran las que salían de su
garganta. Sólo veía, más claros ahora los ojos del
capitán y percibía tras de sí una dulce y segura
sensación de fuerza, la de todos los compañeros

que estaban con él, los que no le habían creído capaz de cumplir su palabra, especialmente y que ahora le mirarían con justicia como su superior y no encontrarían que era injustificado el ascenso, pues esta actitud le acreditaba como buen compañero, como soldado que no temía exponerse a las consecuencias que le acarreara el cumplimiento de su deber y como hombre a quien no preocupaba la posibilidad de sufrir las represalias de que seguramente le haría víctima la venganza del sargento Bastidas, que como todos, lo encontraban más sorprendido y confuso[1].

...Cuando Fernando terminó de hablar, el capitán sonreía. No estaba acostumbrado a esta naturaleza de actitudes y se percataba de que lo que podía considerarse por otros como ingenuidad de quien por razón del ascenso recibido debiera buscar el agrado de sus superiores, era solamente demostración de entereza y decisión, que justificaban más todavía los motivos que tuvo para solicitar el ascenso un tanto precipitado del más pequeño y más joven de sus soldados.

— Sargento Bastidas, exclamó con su honda voz baja, no se avergüenza usted de tratar de esa manera a los soldados? No sabe que el suboficial es un superior y debe demostrarlo? Ignora que el ejército no es un presidio, ni una casa de castigo, sino un instituto de instrucción en que los ciudadanos se preparan para defender a la Patria?

El sargento Bastidas estaba tan sorprendido, que no podía pronunciar una palabra. Era tan insólito esto, tan inaudito, que no podía salir de su estupor. Los oficiales casi siempre hacían la vista gorda ante las quejas de los soldados, y los suboficiales se creían autorizados por su silencio pasivo para continuar haciéndoles víctimas de malos tratamientos.

— No lo sabe? – repitió el capitán.

— Sí, mi capitán, murmuró el sargento entreabriendo apenas los labios delgados y pálidos.

— Entonces, queda arrestado por ocho días. Retirarse, concluyó y su voz se apagó en la de la corneta que llamaba al rancho.

Corrieron todos hacia las alacenas para tomar platos y cubiertos, pero en el camino tuvo ocasión Fernando de recibir las primeras felicitaciones por su ascenso y menos francas o más discretas las que le daban por su actitud.

El cabo Gómez fue el primero que le congratuló y después sus compañeros. Mas nada le fue tan grato como la manifestación muda de agradecimiento de Antonio, que únicamente se limitaba a mirarle sin saber qué decir.

En el comedor, en medio de los susurros de las voces y del metálico siseo de platos y cucharas, comenzaron a tejerse los comentarios.

— Ahora sí no nos va a joder más mi sargento…

— Mi capitán le puso el "tate quieto".

— Ese Ruiz, ah vergajo atrevido! Y lo ascendieron…

— Bien hecho, porque es inteligente.

— Sí, pero también es cierto que mi teniente Ramos lo "consiente" mucho…

— Ahora no vengamos con que es por preferencia.
No sean envidiosos– interrumpió el cabo Gómez.
Como ustedes son tan animales...

En el descanso que seguía al almuerzo, se ocupó
en pegar a su blusa y a la guerrera los botones que
acreditaban su grado, y al formar por la tarde para
la instrucción de infantería, pudo ya ponerse a la
cabeza de la fila al lado de los otros suboficiales. El
sargento Bastidas se hallaba cumpliendo su arresto
en el dormitorio, y si no hubiese sido por ello, se
habría encontrado Fernando apenas separado de él
por el cabo Gómez a cuyo lado se hallaba.

Ahora no tendría que hacer el aseo. Aquella dura
faena de lavar las letrinas y fregar los terribles
mingitorios que anunciaban su existencia a distancia con las emanaciones amoniacales, había dejado
de serle obligatoria, como el fatigoso barrido de los
patios y corredores, ni centinela, ni cuarto de ronda... "Será prohibido a los centinelas sentarse o tenderse, abandonar su arma (como podría alguien
abandonar a la compañera de metal frío y tibia madera?), fumar, comer o beber, dormir, conversar, se-
parase más de diez pasos de su lugar para
pasearse...". Sólo ver con ojos que fatigó el turno
de 10 a 12 de la noche –el más hondo y silencioso
de los turnos, el de las estrellas reveladoras, el de
los pensamientos y las tentaciones, el del martilleo
rojo de la aorta en las gargantas– ver solamente el
desfile neto de las colegialas, personajes de la bruma; de las frescas colegialas esbeltas con las bocas
limpias y los ojos bien limpios y descansados; sí,

esbeltas unas, con los cuerpecillos espiciformes y los ojos maliciosos, que jugueteaban y no lograban fijarse en nada, desconcertados, descubridores, sin conciencia de mirar ni de saber; de ver, de ver solamente –esas, las que ya sabían que no venían los niños de París, porque no podía ser. Las que pensaban en la Virgen y en que también ellas eran vírgenes y sin embargo no tenían un niño– por qué? Las colegialas inquietas, que una mañana se encontraron con que les habían amanecido maduros los senos y que su saliva sabía a mujer, a amor y a maternidad –esas, las colegialas que tenían malas notas, sobre todo en "atención" y en "conducta". Porque las otras, las que marchaban a pasos pausados, las que no miraban sino con hipócrita timidez, eran las juiciosas, las premiadas, las aprovechadas, las formales, culonas y tetonas como todas las colegialas formales. No tendría obligación de permanecer esas dos horas, tan largas y vacías, apenas llenas de rostros que duraban 20 segundos, clavado a las losas o paseándose ante la puerta. Ahora sería el "cabo de guardia", con libertad para moverse, pero en cambio debería hacer seis horas de servicio, sentado a la mesa del cuerpo de guardia, con algún libro, esperando la llegada de los soldados que tenían permiso para salir y que solían agasajar al cabo o al sargento de guardia con cigarrillos y golosinas para evitar que en el correspondiente libro aparecieran los retrasos o se hiciera constar que no habían llegado con la firmeza corporal que debe conservar un miembro del ejército... Cabo segundo, con sus dos botoncitos negros en la blusa y sus dos botoncitos brillantes en la guerrera... Cabo segundo... Cabo segundo Ruiz... la disciplina... el orden... la instrucción armada... el ejército de Colombia... Cabo segundo del Ejército de Colombia... Colombia, nombre de una mujer muy linda, muy morena, de piedra, pero de una piedra caliente, muda, que sólo decía palabras al corazón en esa única palabra de su nombre; ciega y que nos estaba mirando, porque al nombrarla parecía que su presencia viva estuviera ante nuestros ojos. Cabo segundo artillero del ejército de Colombia...

...Su vestido azul profundo cuajado de botones dorados... qué noche estrellada... el sargento Bastidas tiene unos ojos tan duros y un cabello tan rubio... Por qué levanta al cielo de su uniforme los brazos angustiados...? Y el capitán Valdés, por qué ríe con esa risa fría y fija como la risa de la luna... ese puño que crece y crece es el del sargento Bastidas que ha desaparecido... que no se ve... ese puño es de él... suyo y va a golpearle en el rostro y va [a] echarlo por tierra y va a echarle a perder su traje tan limpio, tan lindo, estrellado de botones dorados... y el capitán...? capitán capitán... mi capitán... Pero su voz no se oye... su voz se le muere en la garganta... tiene los pies fijos... fijos, inmóviles... pegados a la tierra... no puede mover las manos... Está en posición de firmes...sí, porque es esa la mano, es ese el puño de su sargento Bastidas... no podría moverse aunque quisiera... la disciplina, el orden... sí, el sargento Bastidas, porque puede ver en la manga de la blusa que cubre el brazo amenazador, los galones negros... Pero qué es, qué es lo que pasa ahora? La mano empuñada, la dura mano cuadrada... con tres hendiduras... con cuatro duros nudos redondos y enrojecidos, va perdiendo sus ángulos y sus filos de pétreo bloque, se deshace y transforma en una figura dulce y blanda en una alta figura maravillosa... blanca... tan blanca... con una túnica azul que tiene sobre el hombro izquierdo un broche dorado y ese broche dorado sobre el azul del traje, era alegre y gozoso como un pajarillo que cantaba, sí, que cantaba a distancia... ojos como los ojos de las niñas formales... ojos fijos, amables y bajo los pliegues tiembla la carnal realidad de los senos, saltarines como los de las colegialas travieblaban... como los de esa que ahora recuerda... se acerca con su sonrisa sonrosada... como su tibia sonrisa y él no puede, no puede terderla los brazos... y tanto y tanto se acerca que ahora esta sus ojos casi, casi junto de los suyos y sus senos recibiendo el golpeteo del corazón que quiere cambiar de pecho... y ella hace un ligero movimiento de su cuello para que pueda su boca fundirse en la suya... en esa pulpa de su boca, como la de los melocotones, tierna y dulce y fresca... como el toque de la diana que le lleva ahora esa ternura, ese dulzor, esa frescura a los oidos a Fernando Ruiz, cabo 2° artillero del Ejército de Colombia.

Este baño tan frio de agua y este primer baño de vida y de mundo y de hombres a las cinco y media de la mañana era el mejor momento de cada día de Fernando.

Tanta gente como dormia a esta hora, perdiéndose ese maravilloso, renovado nacimiento de las cosas.

El cielo gris, de aluminio, plano, tenia ligeros rubores de un pálido rosa. Sólo se oia el chapoteo de los hombres bajo las duchas, que llovían su frescura de toda la noche sobre los cuerpos de los soldados y un olor amargo de café y un tierno, dulce olor de pan, que hacía crujir gozosamente las grandes cestas ventrudas, venía de la cocina y alagaba los paladares que durante toda la noche sólo habían conocido el gusto mezclado de la saliva y el sueño.

Ahora, por primera vez, iba a mandar a sus soldados. Debía hacer la instrucción de infantería. Le temblaban las manos ligeramente, pero la voz le salió firme y segura:

— A formar!

Era verdad que los rostros de sus soldados – los mayores, los más altos sobre todo – parecían sonreír burlonamente al saberse mandados por ese cabo tan chiquitín, que no les parecía, que no les podía parecer ni serio ni superior a ellos?

— Atención, fir!

Sí, estaba satisfecho de su voz. Tenía un agradable timbre, ni muy bajo que no conviniera a su estatura, ni tan alto que estuviese en acuerdo completo con ella. Era su voz, verdad? Una voz de hombre y eso era lo único que le interesaba.

Paseó la vista lentamente por la fila de soldados. Todos tenían, como era debido, la vista al frente, pero le parecía que sus miradas "pensaban" en él, que sólo a él veían. El viento movía ligeramente los portafusiles. Se acercó a uno de los soldados, el quinto de la fila, que tenía la gorra metida hasta los ojos y se la levantó, descubriéndole la frente. Quiso hacerlo brusca, secamente, pero no sabía por qué le resultó tan suave el movimiento, hasta ser casi dulce y afectuoso. Sintió que una ola de calor le subía al rostro y ordenó:

— Pre–paren, ar!.

Las carabinas en dos filas, oblicuas. Los hombres en dos filas: una en pie, otra de rodillas.

— Carguen y aseguren, ar!

Se oyó el seco rumor de los mecanismos, el más acentuado de los cartuchos al entrar en la recámara y el discreto, apenas perceptible de los seguros al caer hacia la derecha.

— Al frente, la línea de tiradores, alza, mil doscientos! Apunten, ar!

Golpearon las culatas sobre los hombros con un sordo sonido, que se confundió con el de los seguros.

— Fue…!

Y entonces se escuchó el pequeño sonido de los percutores sobre los cartuchos de instrucción, el descargue y recargue de las armas.

Al levantarse, después de concluido el ejercicio, uno de los soldados, el grueso y morenote Campos, dio un paso adelante y dijo:

— Con su permiso, mi cabo, voy al orinal.

— No se puede esperar? Respondió Fernando, con una voz que en vano intentaba ser dura.

— No, mi cabo, es que estoy enfermo.

— Qué tiene?

El soldado vaciló antes de contestar. Miró a Fernando con ojos suplicantes y turbados y balbuceó:

— No, nada, mi cabo...

"Mi cabo..." Le sonaba tan dulcemente esta frase, significativa de autoridad, de jerarquía, y de mando, que sonrió como debía de sonreír en su infancia al ver al alcance de su boca el blanco y henchido seno materno.

— Bueno, vaya... concluyó en voz baja. Y para disimular su turbación, gritó:

— Al primer patio, carrera mar!.

Fernando se ocupaba en vigilar la limpieza de armamento menor, en compañía del cabo Gómez, cuando pasó por el corredor el teniente Ramos. Gómez, como suboficial de más alta graduación, le dio parte:

— La cuarta batería, en aseo de armamento.

Se disponía el oficial a seguir su camino, cuando apareció ante él el sargento Bastidas, que cuadrándose le dijo:

— Puedo hablar con mi teniente?

— A ver?

— Se acabaron las ramas para el aseo, mi teniente. Puedo ir con algunos soldados a traerlas?

El teniente lo miró, pareció meditar y sonriendo maliciosamente respondió:

— No, no es necesario que vaya usted... Esos no son servicios para un suboficial de su graduación... Que vaya Ruiz... Sí, el cabo Ruiz, repitió acentuando en "el cabo". Dio dos o tres pasos y se volvió

repentinamente, a tiempo para sorprender a Bastidas,
que se había puesto a discreción con la cabeza baja
para disimular su turbación.

— Ah! Pero usted no está arrestado?

El sargento se puso de nuevo en posición de firmes —sentía la falta del sable, símbolo de su autoridad— y le parecía que se hallaba sin él lo mismo que
cualquiera de los soldados que ahora lo miraban a
hurtadillas, sonriendo con mal disimulado regocijo,
como si la escena que presenciaban los indemniza-
se de todos los vejámenes de que Bastidas les hacía
víctimas.

Como nada respondiese el sargento, repitió el oficial su pregunta:

— No me ha oído? No está usted arrestado?

Haciendo un notable esfuerzo, levantó Bastidas la
cabeza y dijo:

— Sí, mi teniente…

— Y creía que yo no lo sabía? Ustedes, los que se
creen más jodidos, piensan que pueden engañar a cualquiera, pero quedan siempre como los más cretinos.

Mientras decía estas palabras, le relucían los ojos
oscuros y una ola roja le encendía el rostro. Con
una voz fuerte y llena, gritó:

— Cuartelero!

— Firmes, mi teniente!, respondió una voz desde el
fondo del dormitorio, anticipando la presencia del
soldado Acosta, que en ese momento se ocupaba
como los demás en el aseo de su carabina.

— Por qué deja salir al sargento al corredor? No sabe
que está arrestado? Póngase plantón una hora para

que no se olvide de sus deberes. Y usted –dirigiéndose a Bastidas–, no sea tan sumamente jodido porque yo ya estoy grande para que se burle de mí, oye?

Sólo se oyó la frase de Acosta, resignada y sorda:
— Como ordene, mi teniente, y el rumor de los zapatos del sargento al dar la media vuelta para entrar de nuevo al dormitorio.

— Cabo Gómez!, llamó el teniente, releve a este soldado para que cumpla su castigo, y que después del almuerzo vaya el cabo Ruiz con diez soldados a traer la rama.

— Sí, mi teniente, como ordene, mi teniente.

El oficial bajó la escalera haciendo retintinear el sable y las espolinas. Cuando llegó al piso bajo y desapareció camino del primer patio, comenzaron los cuchicheos y los comentarios:
— Ah vergajo! Qué vainazo tan grande que le echó a mi sargento.
— Eso sí fue para mandar trastear...
— Bien hecho... A yo sí me gusta, porque es tan mierda...
— Cállense, vergajos, y trabajen, ordenó Gómez, que como todos, estaba alegre porque un superior había sufrido una reprimenda pública, lo que le reconciliaba con las frecuentes injusticias y le hacía pensar que no era rigurosamente exacto el pensamiento de que en el cuartel sólo sufrían los inferiores. También había castigos y reprensiones para los superiores... Ese vergajo tan engreído y pretensioso, tendría ahora que inclinarse avergonzado ante todos los que habían visto y oído cuanto acababa de pasar.

— Bueno, ya acaban?

— Sí, mi cabo – respondieron muchas voces en que se percibía un vivo pero discreto acento de alegría.

— Entonces, a guardar el armamento y a sacar los platones.

Fernando, mientras todo lo anterior había pasado, no se había movido ni había quitado los ojos de la recámara de su carabina, que limpiaba cuidadosamente. Cuando oyó que el teniente Ramos le nombraba, suspendió por un momento los movimientos regulares de su mano derecha, que frotaba las partes metálicas de su arma.

Fernando Ruiz fue concebido alrededor del 13 de marzo. Fue engendrado entre los días 10 y 21 de marzo del año 1907. No se sabía entonces, no lo sabían ni la que concibió ni el que engendró, que algo había de nacer. Y ahora –después de 14 años– era muy seguro que nadie recordaba esto.

Tal vez doña Berta –si quisiera someterse a un pequeño trabajo, si no la molestara demasiado el esfuerzo– podría reconstruir aquello, pero era por extremo difícil encontrar a través de tantos días y pasando por tantos recuerdos de besos, de abrazos, de palabras estrujadas, de sollozos y murmullos gozosos, era por sobremodo difícil hallar ese día perdido entre todos los días de siete colores, o esa noche oculta entre todas las noches de siete sombras.

Pero era necesario que lo recordara? No. Hacía hoy catorce años que había nacido Fernando. Doña Berta no podía echar de su memoria el recuerdo de ese dolor que ya no recordaba cabalmente, como no podía recordar el color de su sangre de ese día.

Cómo, entonces, había sucedido? Como de costumbre? Entre la sombra blanca de las sábanas, se movía regularmente una palpitación de sangre, que le despertaba una anticipación distante de lo que sucedería. La inmovilidad se había roto, tomaba forma y se iba hasta la mano, que caía sobre el vientre caliente e indecisa hacía un ligero movimiento en dirección a la confluencia de las piernas y lo rectificaba para subir lentamente, soñolienta todavía, hasta uno de los senos – cuál?, el derecho?, el izquierdo?

Entonces temblaba la camisa de dormir y aleteaban los encajes. Y todo estaba despierto – hasta los ojos, que se abrían para poder mirar en el interior del deseo. Como ya no había nada que no fuera vivo, el rostro se acercaba al rostro, abreviando tibiezas, se entreabrían las bocas y los labios se deleitaban con sus mutuos sabores de saliva –qué fina la piel que está debajo de la nariz, qué suave el olor de las axilas– qué dulce cosquilleo de los bigotes y qué agradable el filo frío de los dientes mordisqueando el labio inferior. Y las manos volando sobre todo el cuerpo con ansias de garra y suavidad de paloma. Y cómo iba subiendo como una marea de espuma la camisa hasta quedar amontonada como una piedra en un rincón de la cama, agazapada, guardando sus perfumes robados entre tantos pliegues como los de una frente. Las manos ya habían hecho su viaje hasta las hierbas humanas que nacen en los deltas, en los blandos estuarios corporales. Y una mano en la espalda y un

192 EDUARDO ZALAMEA BORDA

brazo en la espalda, bajo el brazo izquierdo. Una mano y un brazo sobre el brazo derecho y sobre el cuello, sintiendo una ligera picazón de los duros pelillos de la nuca y otra mano en la oscura redondez de las nalgas, titubeando, y otra mano viajando por la espalda y los riñones, o subiendo las dos hasta hundirse en diez caminos crispados por el boscaje de los cabellos. Iba y venía, venía e iba. Y golpeaba y se hundía y se iba y venía y volvía a irse y a venir y volver hasta la llegada, suspiro y humedad y aflojamiento. Y qué dulce es el amor y qué buena es la vida. Y si más y más y más y más durara.

Tal vez no aconteciera como tantas otras veces. Tal vez no. Pero, por qué habría de haber sido diferente? Porque así lo sentía, porque le parecía recordar que algo extraño y desconocido, algo que no podía recordar y que sin embargo vivía en ella una vida nebulosa e inasible e imprecisa la imponía ese convencimiento. Y si quisiera recordar, si buscara en los más pequeños detalles, en los de más nimia e insignificante apariencia la base que le permitiera edificar, dar vida consciente, accesible a la memoria, a ese como recuerdo de un recuerdo olvidado que sabemos que tuvimos? No habría en este recordar, en esta ansia que lenta y seguramente la invadía un simple halago sensual, pecaminoso, malsano? No, no era posible, pues más dolor cabía en la memoria de todo aquello que no se volvería a dar, que no se repetiría –cómo iba a ser posible la repetición– repetición, exactitud, espejo que mira al pasado, espejo con 14 años de aque[l] deleite y deseo.

Era como si buscase nuevas, vitales fuerzas para sustento de un amor agostado por la costumbre de ser el dolor y la falta y el dolor de la falta de su objeto, y de amor por quienes habían nacido de él.

Tal vez después de la comida de la noche... Tal vez, o acaso en aquellas tardes de domingo tan doradas y tan vacías... La niña todavía no llegaba al año... Todavía tenían leche sus pechos... El barrio, tranquilo, sin ruidos en las tardes dominicales ni en las noches que llegaban temprano y ponían un color rojizo y dorado en los cristales como anuncio de su venida... Si en la sala había sido cuando él leía su periódico o la miraba por sobre el filo del libro –sólo podía ver sus ojos de canela– todo aquel preludio de miradas y el primer beso y el apretón de su cuerpecillo fino, a pesar de la pasada maternidad; todo había sido bajo la mirada de los tiernos ojos del Señor, que partía el gran pan dorado, que se creería oír cómo crujía, con las manos de color de miel. Sí, había sido todo distinto, como si el deseo de él se hubiese encendido por inspiración divina, por algo más fuerte que la simple actividad corporal. No podría haber sido como las otras veces. Ese despertar en la mitad del sueño con una boca que pide un beso con más ansia que la habitual e ir sintiendo cómo no nos despertamos sino cómo otras manos van volviendo a la realidad del despertar zonas diversas de nuestro cuerpo; o la mano que se quedó durante el sueño abandonada sobre el vientre en una actitud tan bella y tan desconocida, que nadie vio nunca, o el seno que recibía la presión de todo el cuerpo. Y después de todo lo de siempre, el beso de reconocimiento, frío y formal, de ceniza, volver a hundirse en la profundidad del sueño, como si nada hubiese sucedido, a pesar de que lo recordaba todo esa pequeña y tan glacial humedad ardorosa y ese olor de lugar desierto, ese terrible olor de vejez que tiene la vida, la semilla del hombre.

De otra manera hubo de ser, pero era imposible recordarlo. Sí, los cigarrillos que fumaba eran "Sultán", argelinos. Y el libro que leía? Y el color de su traje de aquel día? Y el tiempo? Y la luz? Si ni siquiera podía recordar eso, cómo pretender que fuese más hacedero hallar lo que acaso no era sino una simple ficción, una de tantas cosas sin sentido que pensamos cuando circunstancias simplemente cronológicas nos ponen de relieve, objetivizan un hecho olvidado o que sólo viene a nuestra memoria merced a ellos y de manera regular e invariable.

Ahora estaba en el cuartel, a los 14 años. No era monstruoso que un niño de esa edad se hallara sometido a las privaciones que deben sufrir los soldados por su condición de tales? Pero qué podía hacer ella? No había hecho cuanto estuvo en su mano por llevarlo al buen camino, con sus consejos, con sus reconvenciones, con sus silencios? Si se la llamaba dura e injusta, también ella podía hablar de dureza e injusticia. Porque si la vida fue en sus primeros años y aún en su juventud –que ya se apagaba–, ya, blanda y generosa con ella, sólo era para prepararla al golpe terrible, el desastre que, en realidad, era el único culpable –si culpa había– de que Fernando, que cumplía hoy 14 años, estuviera en el cuartel.

Qué tarde más limpia, más pura, con mejor fondo de azul para las nubes, tendidas como la ropa blanca, recién lavada, a secar.

Son las dos de la tarde y Fernando va con sus ocho soldados a traer ramas para el aseo. Por la carrera octava marcha hacia San Cristóbal, a los cerros. La ciudad se hace más gris en esta región, en esta zona que tiene un aspecto pobre y humilde. Las casas, con las paredes desconchadas, las puertas sucias y las ventanas sin cristales, se parecen a las gentes que las habitan: modestos empleados que hacen ahora el segundo viaje hacia el trabajo, con los trajes raídos, las camisas tejidas en la vecindad del cuello sucio y los zapatos de suelas horadadas, camisas por tanto paso como hay que dar para encontrarse al fin de diez días –qué diez días más largos! qué diez días mensuales!– con veinte pesos que alcanzan apenas para satisfacer a la tendera que no fía más y al casero que sólo permite que se le adeuden dos mensualidades vencidas.

Pero a pesar de todo lo que ve, Fernando Ruiz tiene hoy alegre y despejado el pensamiento. Si algo se lo cruza con nubecillas blancas – lo mismo que le acontece al cielo.

La calle tercera era entonces dominio de rameras baratas. De los tugurios sórdidos sale un agrio tufo de comidas, mugre, orines y perfumes –perfumes!– de polvos de arroz, de aguas de tocador. Por una puerta entreabierta se ve una cortina de zaraza allí, aquí, en otra, el resplandor de una esperma ante un altarcito hecho con cajones en honor de policromadas estampas, porque entre las putas miserables se conserva siempre firme el lazo que une su infelicidad a la religión –superstición sería– que les da la vaga esperanza de mejoramiento posterior o las hace creer que el amante que por ahora llena mejor sus sentidos y su pobre capacidad sentimental no las cambiará por otra.

Los soldados echan furtivas y ardorosas miradas, que se avivan con el recuerdo de alguna visita pasada o el propósito de alguna futura. Sólo Fernando tiene limpio el corazón ahora, limpio y sereno el pensamiento, como si todo su ser se dispusiese, se aprestase para la llegada de algo muy hermoso y muy grande. Disposición de limpieza, de aseo interior que se le lleva tanto oscuro pensamiento, tanto cálido y húmedo deseo…

Le viene a la garganta un ávido anhelo de canto y marcha a la cabeza de sus soldados con un paso vivo y alegre, sin ver lo que le rodea, ensimismado, embargado y preso por esa desconocida atmósfera de gozoso presentimiento.

Ya pasaron por la Plaza de las Cruces, en donde la pila babea unas cuantas gotitas de agua entre el tazón por sus cuatro grifos. Ahora toman el camino viejo y Fernando ve la casa de la tía Cristina, que vive en su recuerdo con el de los animalillos de arcilla que modeló para el nacimiento de alguna navidad y el de los primeros pendejos de la pubertad que tan rabiosamente le picaban el pubis calentando por primera vez su sangre con la llama de la vida.

Qué viejos daguerrotipos y retratos había en aquella casa! Tenían todos un brumoso color de distancia, una profundidad de lejanía de tiempo que patinaba los encajes femeninos y en los altos cuellos almidonados de los caballeros y se hacía más apagado todavía en el brillo heterópsido de las pupilas tanto tiempo hacía muertas y desaparecidas y apagadas.

Marchan ahora por una tierra ocre y rojiza. El camino, espaciado de baches, resbaladizo, trepa en suave pendiente que bordean miserables casuchas y macizos de eucaliptos. Los soldados cantan canciones de su provincia, nacidas del recuerdo y la añoranza. Canto distraído y desganado, frío que no se encuentra en las palabras y se apaga en el zumbido de la ciudad, cubierta por una vaga, ligera niebla dorada.

Cuando han llegado al cerro, dominado por el silencio, por un verde silencio tranquilo, comienzan la faena. Esta faena que va a dejarles las ropas perfumadas, olorosas a selva, esta faena de trovelear y recoger y quebrar y hacer un húmedo haz fresco, silvestre, crujiente como las ropas femeninas. Y a trechos, hacer un espacio en el trabajo para buscar "esmeraldas" y uvas de anís y uvas camaronas, terrosas, sosas, con un ligerísimo aroma escondido.

Entonces, recuerda Fernando, también había paseos por los cerros. Era domingo y su papá se había dispuesto con el "sweater" punzó y la cachucha de seda a cuadros. Iban por los caminos y los atajos saltando, corriendo, encendiéndose la sangre que se agolpaba en las mejillas y escuchando el rumor de la quebrada que rompía y recreaba su cristal entre las piedras y el de los pinos entregados a medias en los brazos del viento, y el de aquella voz baja y tierna y monosilábica. Y el día en que se fueron a bañar –ellos dos solos, como que él era ya un hombrecito, Fernando y su padre– a la alberca de Minerva.

No podía olvidarse de aquel día. Simple y sencillamente se desnudó el hombre y apareció ante los ojos de Fernando el recio cuerpo blanco dorado por los vellos espesos, tan espesos sobre el pecho afelpado y sobre el vientre enjuto que hacía una curva ligera para culminar en la mayor desnudez cubierta por más profusa fronda de vegetación animal. Y al comparar su cuerpo parecíale encontrarse más desnudo, más blanco, más vecino del aire, próximo de los ángeles, porque el otro tenía tan acentuada su calidad terrestre y humana, que nunca encontróse más lejano de él, a pesar de los lazos que tendíanle palabras, sonrisas y miradas. Sólo el azul ligerísimo del agua, llena de cielo y de nubes, tornasolada, tornazulada, devolvíales la intimidad a los dos cuerpos que en cierto encuentro de miradas se encontraron mutuamente sorprendidos, desconocidos y sin embargo no llevaron las manos a cruzarse en delantal que ocultara e impidiera la comparación inevitable.

Desde aquel día una más frecuente y ancha corriente de comprensión y de conocimiento iba del

uno al otro, como si sólo entonces se hubieran per-
catado de su realidad, de su verdad humana, limpia
y pura como el agua de la alberca que atesoraba
tantos acontecimientos y secretos del cielo. La anti-
gua y la reciente desnudez nueva – dorada, cobriza
la una, blanca, auroral, lechal la otra – reanudaban
el diálogo de la madura fruta y la tierna semilla.

Bajaban ahora, cargados de ramas, los soldados
de la tropilla, con sus trajes color de rama. Un suave
crujir de hojas rimaba con los pasos. La tarde, con
su alto cielo de plomo veía el regreso del trabajo.
Las nubes se doblaban como la ruana que se echaba al hombro el obrero que mostraba el traje man-
chado con la blanca cal de los enjalbegados o el
negro hollín que se escapa de las chimeneas. El verde perfume forestal se encontraba ahora ahogado
por el lento olor de los aceites y el agrio del sudor
con que el hombre amasa su pan y su beso cotidianos. Todos los hombres iban ahora hacia la noche
con los ojos brillantes y las mujeres sentían que se
acercaba la hora de ofrecer o de abandonar las bocas y los senos. Porque la noche estaba llena de
grupos femeninos blanquirrosados, como si fuese la
noche un gran rosal.

Y en esto pensaban, esto adivinaban los soldados
que bajaban del cerro cargados de frescas ramas, al
mando del cabo Ruiz.

— Mi cabo, que si nos da permiso de tomarnos una
cerveza– dijo alguno al pasar por una venta.

— Bueno, pero no nos demoramos porque ya van a
ser las seis.

La rubia cerveza espumaba en los vasos y daba una
dulce blanca sensación de reposo.

— Ala, mirá qué tetas…!
— No jodás, qué culo…!
— Ay! Para esta noche…!
— Quién pudiera…
— Y tener que esperar hasta el domingo…
— Otra cervecita, mi cabo?
— Sirva las otras, encanto…
— Ay! No moleste…!
— Hola, vergajo! No sea irrespetuoso…
— Bueno, bueno, caminen…
— Adiós, preciosa…
— Adiós, encanto, que no me olvide…
— El domingo vengo, oye?
— Adiós…
— Adiós…

Catorce años, pensaba Fernando. Catorce! Y se
echaba sobre esa orilla de tiempo para mirar al
pasado, turbio y nebuloso. Todos los acontecimientos tenían dimensiones de sueño, imprecisión y vaguedad que no los dejaban recrearse y rehacerse
en su memoria. A esa edad todo nos ha pasado
muy cerca, pero jamás ha llegado propiamente a
nosotros. Ni siquiera lo que llegamos a pensar que
de manera indeleble había de marcarnos fue – y
de ello sólo nos percatamos después de mucho
tiempo – apreciado cabalmente. La sensibilidad no
ha despertado todavía de su sueño, las energías
vitales se concentran en el fin único de la armonio-
sa formación corporal y de esta manera nuestra

vida hasta la edad en que el cerebro comienza a
ejercer sus amargas o gratas funciones directoras y
descubridoras, en la de los sanos animales alegres
o la de las plantas jóvenes entregadas al viento,
que apenas si les arrebata la hoja seca para hermo-
searlas o les lleva el amoroso mensaje de la amada
planta distante.

Catorce años, de 1907 a 1921. No eran en verdad
muchos años en la vida de un hombre, pues por tal
se tenía y reputaba Fernando. Catorce años y una
sensación, semejante al preludio de un bostezo, lo
llenaba al pensar lo que le faltaba vivir. Quién sabe
aún cuanto tiempo!

Y en esos catorce años qué había pasado por su
vida, qué le había acontecido? Pues no eran ni catorce, porque su más remoto recuerdo apenas lo
encontraba en 1912, cuando nació Gilberto, el hermano que seguía a las tres niñas – Eva, I… y Clara.
La "quinta" caía sobre el camino de Chapinero. Pe-
gado a los barrotes de la verja esperaba a su papá a
la hora del almuerzo –su mejor hora del día–, pues
llegaba de un mundo diferente y misterioso llamado
Bogotá ese ser por eso y nada más lleno de presti-
gio ante sus ojos.

Después, cuando se iba, se pasaban las horas len-
tas, vacías horas de infancia, en el solar poblado de
altos eucaliptos añosos y murmuradores, con murmullo de agua, oyendo parlotear a la pareja de loros
que se decían los peores insultos. Aquel día –cómo
lo recordaba! – en que el loro le dijo a la lora "gran
puta!" y él fue a preguntarle a su mamá que qué

quería decir "puta" delante de las señoras visitantes, vio un mar de rubor encender las mejillas de
las damas, se percató de que bajaban púdicamente
los ojos y comprendió que ese gran silencio turbado se llenaba con la palabra prohibida. Había, pues,
palabras prohibidas.

Otros días iba a coger "uchuvas" a un potrero vecino –ahí, precisamente donde hoy se alza una quinta
que se llama "Erlinda"–, o se escapaba con "Tom" el
viejo terranova en dilatadas excursiones que no se
prolongaban a distancia mayor de cinco cuadras,
porque lo asaltaba invariable e inmisericordemente
el recuerdo de los "niños perdidos" del cuento.

Y una noche se llenó la casa con la voz desconocida de un niño. Con su llanto, mejor. Él y sus hermanas – era el único hombrecito hasta entonces –
se miraron sorprendidos y suspendieron el "bendito
y alabado…" que susurraban soñolientos antes de
acostarse. Con las camisas de dormir que borraban
toda diferencia de sexo, se agolparon a la puerta
para mirar por la cerradura, pero no pudieron ver
nada. Hasta ellos no llegaba sino el llanto persisten-
te de la criatura y volvieron a sus camas, llenos de
esa extraña presencia desconocida.

Al día siguiente, Martina, que era una señora muy
gorda y muy sonriente que usaba eternamente la
misma "matiné" a rayas blancas y negras y que habían de ver siempre en casa cuando iba a llegar un
niño, les comunicó que "les habían traído un hermanito". Como querían verlo, los llevó a la alcoba,
que estaba muy oscura, llena de frascos, llena de

un olor desconocido. Su mamá en la cama, muy pálida y muy linda y a su lado un muñequito, pero un muñequito vivo, que se despertó y lloró al despertar.

Entonces fueron las preguntas y las dudas que se comunicaban mutuamente. Por qué estaría mamá acostada, como si estuviera enferma? Quién había traído al hermanito? Sería papá? Por qué mamá no comía sino pollo y no bebía sino caldo? Y por qué les decían que se salieran de la alcoba cuando el niño lloraba y Martina decía a mamá "es que tiene hambre, mi señora"? Preguntas todas a las que no debían hallar entonces respuesta.

Después se hace un gran vacío en el recuerdo de Fernando. Hasta 1914.

Qué había pasado en esos dos años de esa vida, de esa semi-vida? No recordaba nada, hasta la llegada de su papá de Europa, cuya partida también se le escapaba con todos sus detalles.

Era en la gran casa de la calle 21 en donde encontraba el hilo perdido, roto del recuerdo.

Y de la casa, era en el gran patio húmedo, con azucenas –unas azucenas que eran ahora imprecisas, borrosas– y columnas de madera pintadas de verde, a donde debía trasladarse imaginariamente para reanudar el hilo roto de ese tiempo que se quedaba suspenso –por ahora?– en ninguna parte y no le podía mostrar precisamente objeto o suceso alguno que le diera aspecto vital, que marcara su viva huella caliente de cosa que fue y existió.

Sería un domingo? Tal vez sería un domingo…

No podía recordar por qué lo habían dejado solo en la casa.

Estuvo en la sala y miró su retrato con ojos de conocerse –no con esos ojos de ahora que se miraban viéndose eso que había sido él mismo– un pequeño ser ridículo y tonto, pensaba. Tal vez se llevó a la oreja uno de los caracoles que papá había traído de la costa, dentro de los cuales "sonaba el mar".

En la alcoba de sus padres había un lecho ancho, doble que hacía pensar en el sueño, en el descanso, que hacía bostezar. La oscura madera aprestigiaba la manta rubia, una manta dorada que le recordaba la cabellera suelta de aquella señora –doña Margarita– que le había gustado de un modo tan diferente a la manera como le gustaban su mamá y sus hermanas.

Sus pasos le llevaron acaso a la cocina, para escapar de la soledad, esa larga soledad que se paseaba por toda la casa a su lado; para no estar solo.

Es posible que así fuese, pero no lo recordaba exactamente. Lo cierto es que un afán extraño le impelía a precisar cabalmente ese recuerdo, a llenarlo de los más nimios detalles, a acabarlo, vaciarlo por completo, como si tal desentrañamiento hubiese de darle la clave de todo lo que había sido más tarde, era actualmente y habría de ser su vida.

Pero tal vez las dimensiones desmesuradas, la importancia que prestaba al grande hecho central de aquel día, ocultaban lo que no podía ser considerado ni con mucho accesorio o de segundo plano. El nombre de la sirvienta, por ejemplo: era Rosa, era Ramona, o Rosalía? No, no era ni Rosalía, ni Ramona, ni Rosa. Era, sí, un nombre que comenzaba por erre. Pero no era necesario recordar el nombre, porque aquello de que "el amor, como el tiempo, viven y se alimentan de nombres, de palabras" no satisface completamente. Lo objetivo, en ciertos casos, por lo menos –y en éste entre ellos– es lo que más cuenta. Y objetivos eran –fueron– el rostro de R... y sus colores juveniles, su tez madura, tostada, dorada de un tono más oscuro que el de la manta de la cama – exactamente como el rubio de la cama por el lado en que era menos rubio, más moreno.

Por qué no había nadie aquel día en casa sino ellos y por qué cuando sólo ellos estaban en la casa, –en el fondo, en la cocina de vigas ahumadas en las que se mimetizaban las moscas–, oyeron llamar a la puerta que quedaba lejos, lejos, en la frontera detrás de la cual estaba el resto del mundo, donde empezaba la otra vida que no era esa suya de dos personas solas – una persona y un niño– que ya le dejaba entrever, adivinar lo que puede pasar y acontece casi siempre en una casa donde están dos personas solas juntas?

Los pasos de R... parecían chapotear al posarse sobre las losas del corredor que llevaba al segundo patio; después se opacaban por modificación de la marcha y acababan por apagarse en la "estera" del corredor del primer patio.

Seguramente, indudablemente habían visto ambos el primer patio, pues no de otra manera podían explicarse ojos tan gozosos y boca tan húmeda.

Así llegaban, trayendo consigo una atmósfera diferente, como si las englobase una niebla impenetrable para cuanto no fueron los ojos, que estaban más cerca de ellas –como siempre han estado los ojos– pues están más vecinos de la idea que nos formamos de los seres y de las cosas - como que las descubren, anticipan y crean.

Era domingo? Parecía que lo fuera!

Qué huelga de hojas! Cuánto desperdicio de pétalos! Y como nunca desenvueltas, entregadas las rosas a lo que viniera! Hasta los severos gladiolos sonreían desde su altura ligeramente bicolor y miraban benévolamente a las bajas –dizque modestas– arquiepiscopales violetas modosas.

Cómo pasó aquel tiempo –desde cuando se encontraron sus manos, la suya tímida, huidiza y la de ella, franca y un poco húmeda hasta entonces? Una nube más ancha y más gorda llenó de dulce sombra todo el patio o el sol puso a su luz los secretos del amor prohibido del geranio y la rosa– amor contra natura? O la araña de la tela que estaba hacía tanto tiempo trabajando con fruto fue víctima del propósito que tenía Mata de que todo estuviera limpio en casa, propósito que salvó la vida a innumerables generaciones de moscas que todavía nos atormentan e incomodan? –todo ese tiempo pasó. Todo. Pero llegó un minuto de ese tiempo– el único memorable, tal vez el más importante de su vida, en que se encontró solo con ella en la alcoba de sus padres, frente a la gran manta rubia y dorada de la pelliza misteriosa.

De dónde venía y por qué ese misterio? Por la incapacidad que tienen los seres elementales para explicarse las cosas simples, una disposición psicológica tratada los obliga a ver cuádruplemente, a multiplicar por sí mismos lo que no tiene multiplicando. A ser la potencia X de cualquier cosa, cuando –en realidad lo único que importa es ser uno mismo la potencia de sí mismo– tal hecho, a mi manera.

Una cama alta y oscura. Una pelliza rubia y tibia. Y en la cama oscura, bajo la tibia pelliza rubia, su amiguita y él, desnudos.

Le decía R… que la besara y la besaba, pero ese beso no tenía sabor alguno, tal vez sí, después del tercer beso, cuando los besos aprendieron a serlo. Y le enderezaba las manos y las guiaba hacia los senitos chiquititos que palpitaban de manera tan especialmente a la izquierda del cuerpo de esa niña –del lado del corazón. Tenía corazón! Como él!. Y al llegar al instante de ese descubrimiento, como si hubiese hecho su vida un alto para comprender lo que es tener corazón, corazón que late, estar vivo, se quedaron sus ojos fijos en el gran pan moreno, tostado, solar, que el señor partía con sus manos solares, tostadas, morenas, más blandas que el pan al recibir ese tibio calor misterioso de la mirada de Juan y esa fría presencia terrible de su brazo, que circundaba su hombro, una parte de su espalda, su cuello y otra vez su hombro – como al hombro y a la plena espalda de Fernando cubría un bracito tibio y blanco y tembloroso.

Pasó algún tiempo durante ese tiempo? Duró tantos minutos ese espacio de día? No pudo pasar hora ni transcurrir minuto alguno, porque su recuerdo no podía dar cabida a nada que hubiese necesitado tiempo para vivir – todo había sido como una fuga hacia un universo gobernado por leyes diferentes – sólo que esto ni entonces ni ahora podía pensarlo y concebirlo concertadamente y de modo ordenado – en que no había tiempo ni medida – universo inmóvil y sin embargo dinámico en que todas las cosas y los seres tenían vida y movimiento, pero en los cuales nada se hacía pasajero sino permanente – universo de retrato viviente siempre que lo viviente no fuese paso, ni transcurso, ni tránsito.

Como en un cuadro –sí, eso era, como en un cuadro,– podía apreciar todos los detalles-… oscura la cama, profundas maderas severas que no atemoricen al que despierta inopinadamente en la mitad de la noche o el cronológico y no real nacimiento del día con brillos extraños de apariencia misteriosa como los que se escapan de los barrotes de los catres de cobre – y sobre la cama, la pelliza rubia, del color que algunas veces enseña la luna – como la luna, una luna que fuese tibia y rectangular y que tuviese el color que algunas noches tiene la luna.

Primero, como todos los días, cuando iban a bañarle se encontró naturalmente desnudo, con las manos libres y sin preocuparse de saber que tenía cuerpo y que en él había algún sitio que debiera estar oculto, y luego al ver ese otro cuerpo, como el suyo libre, desnudo y desenvuelto, sólo un poco más de frío sintió al notar que era diferente en el vértice de las piernas, que también eran distintas de las suyas (debía de tener entonces una de esas bobas sonrisas que se quedan fijas durante un tiempo imposible de medir y determinar extendidas como otra piel sobre su rostro). Sólo al mirar a Romelia y ver que ella estaba vestida, cubierta, sus manos en un lento movimiento, no, en una vacilación que nada consciente dirigía, buscaron algo qué cubrir y se pusieron, planas, tibias y temblorosas sobre su rostro.

Debajo de la pelliza tiritaban ambos de frío y su tiritar los unía más que sus movimientos. Cuando la pesada mano, [linda] y caliente se posó como una gran piedra sin peso, ligera, en ese lugar de su cuerpo, en su penecillo, que era igual a un apretado, infantil botón de rosa, sintió que el rostro se le encendía de calor y de un grande rojo color que le hacía doler los labios y los ojos.

También esa parte de su cuerpo vivía, con vida que no se siente distinta y es sin embargo nueva, desconocida, pero que estuvo olvidada, dormida hasta este despertar que comienza en una tan entrañable profundidad de la sangre de la raíz de la existencia. Como si toda la vida que alentaba en su cuerpo se alojase momentáneamente en ese lugar de su cuerpo, como si se hinchase de maravillosa esencia, se erguía su vida alta y pequeña, como un duro cuernecillo animal, durísimo y ciego que sólo buscaba ensancharse –sin saber todavía– ni lo alumbraba la pálida luz del instinto –sin ansias de penetración, poseído, embargado por el único fenómeno que entonces lo colmaba– el de ser mayor, más voluminoso, que tenía extraña y clara relación con el tacto del tibio cuerpecillo palpitante cuyos brazos se escapaban y huían, como si un aceite espeso les diese condición fugitiva y a la vez le ordenara apretarse a su cuerpo, que debía de tener para ella las mismas condiciones de inestabilidad, de desconcierto, de febriles e indeterminados anhelos.

Los ojos de la amiguita, dorados, entreabriertos están ahora a la altura de los suyos. Su boquita, tibia, entrecerrada, sonriente, atrae la suya, anhelante, y sobre las dos cabezas cuyos cabellos agita un desconocido viento misterioso, una ancha cabeza cuyos ojos turbios y turbados y cuya boca como un profundo hueco del que saliera un oscuro fuego, acecha las expresiones de los dos rostros, mientras sus torpes manos sudorosas, bajo la oscuridad de la piel y en la tibia intimidad húmeda de los sexos dirige a la inexperta inocencia hacia la desconocida y maravillosa y terrible lujuria, chispa y resplandor de la hoguera que en su bajo vientre le anega la vagina de lubrificantes inútiles, que no tendrán ocasión de emplearse para facilitar el paso de esa gran verga con que sueña– "Aaah! Si lo tuviera atorado entre las piernas...!" murmuran, roncan los labios quemados por el deseo y se aprietan los dientes y se cierran los ojos para entregarse más cabalmente al goce que la colma y la anonada.

[Fin del manuscrito]

---

[1] Aquí aparecen las firmas de veintiún lectores del manuscrito. Se leen claramente las de Pablo Abril, Berta de Lleras, Amelia C. de Zalamea, —— Bernal, L. Caballero Calderón, —— Gilberto, Cecilia de Owen, Hernando Téllez, Cecilia de Ortiz, Ignacio ——; Jorge Zalamea, Carlos Arbeláez, Néstor Ruiz Mora y José Mar.

un gusto tan doloroso y hondo y la lle-
ba, la colmaba hasta lo más íntimo y profundo. Y esos ojos terribles
ba los suyos, bajo una espesa
tra de revueltos cabellos, esos ojos
que se turbaban y humedecían y se
cerraban lenta, lentamente para
todo volviera a la realidad y se p
toza ella de su peso asfixiante,
la presencia de su cuerpo tibio e
sus piernas, del aflojamiento de
abrazo y a que al retirarse, se qu
daba vacía, ~~cexxxx xxxxxx~~ si
lo mismo que antes de ese vértigo
ble y deseado.

Nov 11
30
41

— Cuidado, que se derrama
cacaíto!, dijo Mata entra
— Sí, ya va a hervir, conte
Eusaquia, volviendo a la reali
ribitamente.
— A que horas vendrá Mi
nora?, preguntó Mata?
— Ya no debe tardar...

— Bueno, dijo doña Blanca a Mata, cu
so llego por la tarde, cómo le fué?
— Bien, señora. Ahí le mandaron —

CODA

LA PAZ DEL ESCRITOR POBRE

"Mire hacia delante señor y descubrirá que esos cinco kilómetros hasta Chapinero son la distancia hasta usted mismo. Mire hacia adentro y entenderá que este viernes hay que ir hasta la Calle de las Cunitas. Después podrá alejarse del Centro –cómo es de bello alejarse un viernes por la noche del centro de Bogotá. ¡Cómo son de mujeres las mujeres a esa hora en que sólo queda una mancha azul en poniente!". Calla la voz y el escritor no logra convencerse. Ni las novedades, ni los símbolos –depurados hasta hacerse símbolos de sí mismos– ni lo acostumbrado, ni lo mecánico con sus hechizos plateados, ni siquiera las voces lejanas de los románticos anclados en la lejana Hélade –quiéranlo o no– sirven para consolar a este hombre solo. Por qué habrían de preocuparse por este joven recién desembarcado de La Guajira? Para ser honestos, lo único que lo ancla a esta ciudad es un hermano que se desvive por Dostoievsky, que lo lee, lo acumula como metal precioso. Antes hubo otro como él. También era de la familia y escribió una novela naturalista que envidiaría el mismo Zola. También murió pobre y de amor. Pero tenía amigos. "Si volviera él con su Gruta, con su Pelusa, ¡con su Bogotá fin de siglo!", piensa.

La lenta corriente del tiempo parece hacerse aún más densa en esos años de 1926 a 1934. Luego habrá de acelerar pero esos primeros años se estancarán, y en el paseo dominical del espíritu se harán recurrentes.

Entre 1926 y 1927 ha vuelto de La Guajira. Lee descomedidamente, en la biblioteca de Jorge y en las Aulas. Apenas está comenzando y no sabe que a los escritores pobres no les ampara ningún santo. Es el momento exacto para leer a los que se alimentan de realidad. Ni el surrealismo ni ninguna corriente francesa logran convencerle de que la exactitud en la apreciación de lo real pueda ser sustituida por fantasías, por quimeras. Por eso está solo: porque no cree que una literatura ideológica como la que brilla en esos momentos –las gentes hacen colas en las librerías por un libro, ¡en Bogotá!– pueda sustituir a una literatura de ideas. Entonces decide hacer suyo ese propósito (ya fascinado por el periodismo que es su sublimación del espíritu literario y no su negación): va a cambiar la historia de la literatura y va a entregarlo todo.

No tiene hacia dónde mirar. Tal vez ese loco de Rendón, lánguido como una sombra bogotana, o Barba –que supo pintarlo como era y no como querían verlo– fuesen dos luces en ese camino oscuro del iniciarse en la literatura, que es lerdo y doloroso. Y ahí nacen los proyectos, los nombres, las tramas de las novelas: es que ha decidido escribir sobre lo que conoce y hacerlo con altura –la del espíritu, que produce vértigo.

A *Cuatro años a bordo de sí mismo* sigue el proyecto de *Gentes en menguante*. Hay tiempo todavía para desarrollar el megaproyecto, estamos apenas en 1932 y ha terminado su primera novela. Algo le dice que la siguiente debe ser varonil, así como el *Diario de los Cinco sentidos* fué nocturno, femenino como las caderas de Kuhmare. Y en la génesis de *La Cuarta Batería* hay mucho de un escritor desconocido, que también escribe sobre lo que conoce y que conoce la guerra como ninguno. En 1929 publicó *Adiós a las armas*, y en 1932 *Muerte en la tarde*; toros y guerra, cacería y hombría, las pasiones de Hemingway.

Es improbable que los contertulios del "Windsor" se interesasen por esa literatura decantada, realista a morir, periodística en su afán por conocer los resortes de la vida. Todos están interesados por esas crónicas sobre la remota Guajira, publicadas en *La Tarde* –de tan efímera duración. Nadie conoce cómo nació la novela. Sólo queda una nota final que termina así: "Felicidad, inmensa felicidad. Y para qué?"

"... de todo punto –siempre también– nace una línea.", dicen las palabras con que cierra *Cuatro años a bordo de mí mismo*. Esa nueva línea, cualquiera que sea su forma, conduce a *La Cuarta Batería*. Hasta la aparición de una parte de ésta en *Revista de Indias* en 1936 no hace pública ninguna otra novela ni da a conocer fragmentos o correcciones de otro proyecto. Su primera novela caló y desató controversia.

¿Qué pasó con las anunciadas *Sexo, Mecánica* y *La Noche*? No se sabe.

Pero exactamente esos mismos temas componen el meollo de *La Cuarta Batería*. La novela comienza en "Sueño", se desarrolla entre sábanas blancas, entre claroscuros, toma vuelo alrededor de una noche que paulatinamente, difícilmente, se convierte en día. Así se desprende de *Cuatro años a bordo de mi mismo*. Casi inmediatamente viene "Mecánica": aparece un tren gigante, desproporcionado, que lo arranca de la apacible vida sabanera y lo conduce a la máquina mortal, al arma. (Después llegará a acariciarla, a quererla como a una compañera…). Y, por último, el tema que impregna y posibilita toda la obra: "Sexo".

Llega a él con devoción, con inquisitiva mirada, con absoluta sinceridad, con altura insospechada. Trata el tema tabú en sus formas más elementales, en las más ignoradas u ocultas, desde la posición de quien lo sufre. Ya de mucho antes se había dedicado a los temas sexuales.

Hacia la segunda mitad de los veinte, cuando frecuentaba los círculos de "Los Nuevos", su primer esfuerzo, tímido, trataba de lo erótico. Ahora que ya ha trasegado contenidos llevará el tema en *La Cuarta Batería* a un punto más elaborado y expresivo. Crea a su alrededor una magia narrativa, un misticismo del instinto, una lógica del placer. Inquiere preferentemente la siquis femenina, acompaña al adolescente en su despertar, narra la iniciación grupal con vocabulario de cuartel que sabe a amistad real, rastrea las huellas

del primer contacto. *La Cuarta Batería* gira alrededor
de la percepción de lo sexual. Ya no se trata de la bella
descripción poética, con sabor a mar y a sol, de los
Cuatro Años.

Ahora se hace uno con el sujeto, vive el desconcierto, el hastío, pero, además, lo piensa. Su gramá-
tica debe combinar entonces no sólo lo real sino la
interpretación, la explicación distinta al desarrollo
cinematográfico. Los libros, los contertulios, todo le
dice que está en lo acertado. Pero cuando baja a la
realidad bogotana, cuando se aleja de los cafés, cae
en cuenta de que habita bajo un monstruo gigantes-
co que todo lo ve, que prohíbe su intento, que lo
anatematiza.

Entiende el reto y se mantiene en su decisión de
producir un cambio literario de importancia. Entonces sondea aun más el mundo sexual, va hasta los
rincones, hasta el parto, la concepción, la esterili-
dad, la prostitución que asombra a algunos reclutas
inocentes, trata el tema de las enfermedades por
transmisión…

Se crece ante el reto de hacer lo que hace, en la
sociedad de su época.

Si lo logra abrirá una puerta para sinfín de contenidos. Dando la forma y el ejemplo posibilitará a los
demás. Ya antes, cuando había entendido lo infructí-
fero de las escuelas literarias para permitir la "novela
real", había hecho voto de héroe, había comprome-
tido su futuro. Una literatura así vale la pena de ser
vivida. Para lograr su propósito crea entonces una
forma intermedia.

Rompe el párrafo cuya estructura habitual impide que el pensamiento fotográfico y la lengua embellecedora se den a la vez; se descuelga por las ramas inverosímiles de la lógica gramatical y de las metáforas extremas, une esas ramas, prueba que es posible alcanzar ese tipo de expresión sin gongorismos inútiles. No se trata de un flujo de conciencia sino de una conciencia fluida. Lo primero produce los trabalenguas surrealistas, las lenguas "de escuela"; lo segundo da razón a la lengua como vehículo del pensamiento y no como una manera de encasillarlo.

Así logra penetrar el tema prohibido y la forma prohibida. Lo importante es que lo hace aquí, en Bogotá, sol de la cultura latinoamericana. Ha dado con la clave. Los desenlaces son accesorios. Como el que ha atravesado un océano, se extiende exánime sobre la playa de la satisfacción por lo creado.

Ahora puede darse el lujo de no estar más solo. Ha conocido a otra mujer. En Septiembre de 1933 ella canta la *Lucía de Lamermoor*. La mezcla fue explosiva.

Ella venía del sueño europeo: quería cantar ópera. Quería conmover al público en esos años posteriores a la Depresión. Y él había encontrado la razón para entregar su vida a la literatura. Crecieron los proyectos, *La Cuarta Batería, Los Davidson*, las innumerables novelas comenzadas y dejadas de lado para iniciar otras. Crecieron los afectos. Ignacio Gómez Jaramillo ilustraba capítulos, regalaba cuadros con dedicatorias como las de un hermano

a otro de su sangre. Las tertulias también se inten-
sificaron. Ahora era un país el que se movía en
estos círculos. No se trataba de un noviazgo sino
de una alianza para la defensa del arte. El escritor
pobre había descubierto que la pasión en el oficio
no contradice la paz del hombre de principios.
Tuvieron que enfrentar las críticas. Y ahí estuvo
ella firme. *La Cuarta Batería,* que es la obra llamada a dirigir los intentos novelísticos contemporá-
neos, es "una barca que fluctúa pero no se hunde".
Entre los dos hacen todo por salvarla. Abren las
puertas que sea necesario abrir: diplomacia, política, periodismo. Ellos saben que un escrito puede
modificar el rumbo de una nación. También lo saben los otros.

El 6 de Septiembre de 1952 el fuego se lleva el
trabajo de treinta años. La mujer se mantiene firme.
Pero el dolor por la muerte del hijo llamado "novela" es demasiado grande. Ni los atardeceres parisinos,
ni el Mediterráneo desde la Colina de la Primavera
son suficientes para calmar el dolor. La vida en esos
años es una pendiente. Ahora también el autor, el
"Ulises" que sobrevivió a la Troya de los Zalamea
de comienzos de siglo, está "en menguante". Cuatro
años separan sus muertes.

Sólo queda el dolor como la herencia inevitable
pero esclarecedora.

P.S.: En septiembre de 2001, casi cincuenta años
después de las llamas, renace *La Cuarta Batería.*